人生の終わり方も自分流

曾野綾子

河出書房新社

人生の終わり方も自分流　＊　目次

第一章　生と死の意味

第二章　自分という存在

第三章　他者への対処法

第四章　感謝が幸福の源泉

第五章　老いの美学

人生の終わり方も自分流

まえがき

年を取ると、不自由になることも多いが自然になれることもある。ゆっくり歩いてもその人らしいし、お金を払う時、多少モタモタしていても許される。

「人生を終わる」という大局は決まっているのだから、世間は寛大になってくれるのだ。これを見ても、すべての任務は有限であらねばならないし、ほどほどの時機に退場した方がいいのもほんとうだ。いつまでもそのポストにしがみつく人が好まれないのも当然である。

しかし定年退職の年は決まっていても、そこに至る前後の身のふり方は人さまざまだ。ゴルフしかしなくなる人に対して、ゴルフをしない私はよき理解者になれない。しかし町をほっつき歩く人に対する同感は最近ますます深くなった。町を見るということは「人生を改めて見せてもらうこと」だとわかっているからだ。

町歩き道楽がいいのは、ほとんどお金がかからないことにもあるだろう。運動靴が多少早くダメになるだけだが、老人だから、それくらいのむだ遣いのお金は持っている。そしてまた、老人は、もう老い先短いのだから、お金は貯めるだけではなく、うまく遣う才能の方がむしろ大切だ。

ただ老人になると、自分流の生き方しか認めなくなる人も出てくる。それも困る。老後の暮らしは十人十色、百人百通りなのだ。お互いにその違いに感心し、改めておかしがり、呆れて笑って眺められればいい。若い時には、立派な生き方を見習う必要もあった。しかし老後なら、別に立派でなくていい。殺人や、詐欺や放火など、他人の人生を傷つけたり、その運命の足を引っ張るようなことさえしなければ、たいていの愚かさも許してもらえる。

私が若い頃、庶民の暮らしには、今ほど社会が深く介入してこなかった。ニュースはラジオか新聞だけだった。私の親の家にあったラジオも当時の電波技術の水準に従って、ガァガァ雑音が入り、とても娯楽として聞けるようなものではなかった。テレビでニュースが我が家の茶の間でも見られることを実感したのは、一九六四年の東京オリンピックの年からである。

音楽は丸いレコードで、直径のサイズは次第に小さくなったが、どこでも、生の演奏に近いものが聞けるという情勢ではなかった。

私の生涯で一番大きく変わったのは、旅行の手段である。私の伯父の時代には、ヨーロッパやハワイに行くのは数週間がかりだった。それが今や飛行機なら南米大陸の南端までで も丸三日かからず行ける。だから私は、北欧にも、南米のブラジルやチリにも行けた。広大なアフリカ大陸を、縦断する飛行も体験した。

別に大旅行をすることがいいのではない。たとえば茶道を極めた人たちは、日本の坪庭の前にしつらえられた四畳半の茶席から、世界を観ている。それがその人の「人生の観方・終わり方」に繋がっているのである。同様にこの手のエッセイも誰もが書け、誰が書いても唯一無二の世界観を示しているはずだ。私のこの本もその一冊に加えていただく光栄を得た。

令和元年(二〇一九年)六月

曾野綾子

第一章

生と死の意味

苛酷に耐えるのが人生。
それを認識すれば、すべてが楽になる。

ルールなしの人生
――人生は旅に過ぎない。旅は必ずいつか終わる

かつては人並みな若者で、それから長くしぶとい中年を生き、今、後期高齢者に達した世代の人々は混沌を生きることに馴れていて、少しも大変だとは感じていないのではないか、と思う。なぜなら彼らの生涯は、まさに混沌そのものだったのだから、誰もがそれを生き抜くノウハウを知っているのである。

戦後やや復興のきざしが見えかけた頃、一人の若者が私の家へ来て言った。

「全く、秀才なんて、どうしようもありませんね。もし日本が東京大学法学部卒だけの社会になったら、議会と裁判所ばかり作って国民は飢え死にしますよ。もし慶應大学の卒業生ばかりになったら、キャバレーと喫茶店だけやたらに作って、これもあま

りうまくないでしょう。しかし我が日本大学の卒業生だけだったら、頭が柔軟だから、盛大にあちこちに闇市作って復興に役立つんですよ」

この発言には、いささか時代的解説が要るだろう。こう言った人は、学校秀才ではなかったのだろうが、ほんとうに彼自身がしなやかな意識の持ち主だった。つまり人間が生きるということには、素朴な方から順に考えていって、何がどういう順序で必要かをきちんと知っていたのである。戦後やぼな田舎学生が多かった中で、慶應にはしゃれた都会的な学生がたくさんいると思われていた。長く暗かった戦争後のキャバレーと喫茶店の心理的重要性は、今の比ではない。心理的に締めつけられていた戦争がやっと終わって、キャバレーと喫茶店に象徴される華やかな世界は自由と繁栄の象徴だった。そして日大は、あらゆる分野で生活力が強く才能も多彩で、現在でも中小企業まで入れると、一番たくさんの社長を輩出している大学だと言う。

混沌とした時代には、――それが不景気であれ、世界中に極地戦がやたらに起きて、経済の変動が激しい年月であれ――もはや長年通用していたルールが一切通じなくなる。今、何をすべきか自分で考えるほかはないという時代は、戦後がそうだったが、いつでもあり得るのだ。ただ六十年以上も、日本人はそういう不運を体験しなかった。だからいつでも、一応の規則に従って生きていれば非難されることはなかった。余計なことをしでかして怒られるより、今まで通りのことをしていればよかったのだ。

電気と水が滞りなく供給されている限り、すべてのものに「規則通り」が存在し、それが通用したのだ。しかしそういう生活がいつまでも続くという保証はない。死が誰にでも訪れるように、突然の運命の変化は必ず来る。それも誰に責任を取らせようもない、天災という形でやって来ることを関西の大震災でも東日本大震災とその後の津波の被害でも、私たちは痛烈に教えられたのだが、それに備える方法は、全く教えられていなかった。

混沌の時代を生きるために、私は幼い時から実にいい学校にいたのである。

私は幼稚園から大学まで、カトリックの学校で育ったのだが、そこでは常日頃、政府、社会、会社、親など、今仮初《かりそめ》に与えられているものの形態は、いつ取り上げられても仕方がないものだ、というふうに教えられたのである。

通俗的な世界にも、「いつまでもあると思うな親と金」という言葉があるのだそうだ。しかしそんな物質的なことだけではない。自分の健康も、もちろん年金も貯金も、愛も、親子の信頼も、必ずしも続くとは思わないで暮らす心構えの必要を教えられたのである。

初代キリスト教会を作るのに功績のあった聖パウロは「コリント人への第一の手紙（7・29）」以下で次のように言っている。

「定められた時は迫っています。今からは、妻のある人はない人のように、泣く人は泣かない人のように、喜ぶ人は喜ばない人のように、物を買う人は持たない人のように、世の事にかかわっている人は、かかわりのない人のようにすべきです。この世の有様は過ぎ去るからです」

これほど明確に簡潔に具体的に、現世の空しさを言い表している文章はない。

私が習ったシスターたちは、いつも、

「この世のことはすべて仮の姿です」

と言っていた。今権勢を得ている人も、明日はどうなるかわからない。たとえ生き続けていても、現在の自分の意識が明日にはなくなるかもしれないという危惧は、私の年になるとひしひしと強くなってくる。

「人生は単なる旅に過ぎません」

という言葉も幼い時から、度々耳にした。旅は必ずいつか終わるのである。こんなすばらしい教育は、いい意味でませた子供を作った。今は年より幼稚な子供を作る教育ばかりしている。「皆がいい子」とか、誰にも「公平と平等」が与えられるなどということを信じさせるのは、どちらも幼稚なことだ。なぜなら「皆がいい子」でないことは明瞭で、「公平と平等」に対する幻想は、地震と津波が来ただけで簡単に崩れ去る現実を知らされるからである。


もちろんだからこそ、私たちは公平や平等を永遠の悲願とする。しかし誰にも公平に与えられているのは、この混沌とした空しい人生なのだ、と腰を据えて認識する時、却って私たちは落ち着いて、現世を楽しむことができるように思う。

自信をつける方法
――苛酷に耐えるのが人生だと認識すれば、すべてが楽になる

私は今までに世界の百二十数カ国を歩いた。チャド、ブルキナファソ、コートジボアールのような途上国の奥地まで何度か入って、住んでいる日本人に教えられた。

その結果の印象だが、私は日本、殊に日本人に失望したことなど一度もない。昔ソ連華やかなりし頃は、北海道をソ連が「侵略する」危惧が全くないこともなかった。私など素人だからその危険を強烈に感じたものだが、侵略の目当ては日本の人材だと思っていた。何しろこれだけ有能で責任感のある労働力が数千万人いるのだ。資源としては石油も金もなくても、侵略して労働力を確保する意味は充分にある……と素人というものは自由な発想を楽しむものであった。

しかし現実の日本人はその能力を少しも出し切っていない。原因は簡単だ。自信がないのである。

自信をつける方法も簡単だ。それは国民すべてが、主に「肉体的・心理的」に苛酷な体験をすることである。この体験に耐えたことがないから、自信がつかない。自信がないと評判を気にし、世間並みを求める平凡な人格になる。今の霞ヶ関の多くの役人が、前例ばかり気にする理由である。

家の中では、決まった番組以外テレビのだらだら見をやめる。それで家族の会話も戻り、落ち着きない子供の性格も改変され、時流に流されない家族の覚悟が生まれる。時間を見つけて本を読む癖をつける。テレビやマンガでは知り得ない知恵が、読書によってだけ得られる事実を教えるべきである。

暑さ寒さに耐えられる。長く歩ける。重いものを持てる。穴掘りなどの作業ができる。空腹にも耐えられる。何でも食べられる。そうした人間を、作らねばならない。

家庭では自分の家で料理をするべきだ。外でおかずを買うことは恥であると教えねばならない。料理は教育、芸術、社会学の一部である。工夫と馴れができ、家族が皆で手伝えば素早くできる。

子供たちに、暮らしていけるのにぜいたくを求めて売春婦まがいの行為をするなら、人間をやめろと言う方がいい。電車の中で化粧をし、ケータイを見つめるような生き方は、世界中の国で侮蔑される行為だと誰も教えないのだろう。

危険を察知し、避ける知恵を持たせねばならない。停電したらどうするのだ。すべての民主主義は停電した瞬間から機能しなくなることを知っている日本人は少ない。

私はすべての生活は苛酷だと思っている。そのあって当然の苛酷を正視し、苛酷に耐えるのが人生だと、一度認識すれば、すべてのことが楽になる。感謝もあふれる。人も助けようと思う。自分の人生を他人と比べなくなる。

これらをやるだけでも、多分日本はかなり変わってくるのである。

充たされる条件

――危険を承知で冒険する勇気

私はカトリックの修道院の経営する学校に育ったのだが、当時の修道女の先生たちに教えられた生徒の多くは、修道女になることに憧れた。私たちは、ほんとうに、先生の修道女たちを尊敬していたからである。

なぜ尊敬していたかというと、彼女たちは捨て身だった。二度と再び生きて祖国を見ることはない、と決意して、ヨーロッパの自分の国を出てきていた。すべてそういう生涯を送ることは神の思し召しだとして、その運命に従うのである。日本に来ると、彼女たちの多くは、私たちに英語を教えるために日本語を覚えることを禁止された。労働をする係の修道女は、東京の真直中《まっただなか》で牛を飼って畑を作り、修道院の経営を助けた。

修道女たちを尊敬する人が多かったうちは、修道女のなり手も多かった。私のように夜寝る時、足が冷たくて湯タンポがないと眠れないから、とても修道院には入れないなどと思った方が、例外だったかもしれない。

しかし年月が経って、今はどこの修道会でも、修道女になる人が少ない、という。もちろん、外部の私にその理由をはっきりと摑めるわけはないが、その一つの理由は、修道会の生活が厳しくなくなったからだろうと思う。

昔の修道院は、寝室も大部屋、いつも誰かと一緒で、個人の暮らしというものが全くないことが特徴だった。「共同の生活こそ、もっとも大きな忍耐だ」という言葉もあったという。

しかし今は修道院でも個室である。多くの修道会では、命の危険があるような土地には修道女を出さない。すると修道院は、何のことはない、ＯＬの合宿所のようになる。その中でもやや後継者が多いのは、マラリアやエボラ出血熱やエイズ感染者の多い地帯にでも、布教のために修道女を出し続けているような修道会である。

今の世は、苦労知らずのお坊っちゃまとお嬢ちゃまの集まりのようなものだと、この頃しみじみ思うことが多い。政治家は「お年寄りも安心して暮らせる社会を」などと明らかな嘘をつき、選挙をする方も「安心して暮らせる社会を作る政治家がいない」などと、ノーテンキなことを言う。「安心して暮らせる」世の中など、この世にあるわけがない、のにである。

はたから見ると、食べるものにも困らず、皆が一応の生活をしていながら、おもしろくない、充たされていない、生活が感動的でないなどと言う。

充たされた生活をするには、貧しさを知り、生命の危機を体験し、危険を承知で見たいものを見る勇気を持ち、自ら納得の上で損な運命を受諾し選ぶ勇気が要るのだ。この逆説に気づいている人はいるだろうに、聞こえてくるのは「安心」の大合唱だけである。

駅へ行くにも

——依頼心が老化の道をまっしぐらに進ませる

私はすでに八十歳を越えた。昔はこんな年まで生きている人は少なかったが、東京の私の同級生は皆、今も普通に生活している。

冷蔵庫だって自動車だって古くなれば、ドアがよく閉まらなかったり、へんな音を立てたりするものだ。でも使う時、ちょっと気をつけて最後のところで押すようにすればちゃんと閉まる。人間の体も同じで、使い方でまだまだ役に立つ。

彼女たちは、自立と自律の精神を持っていることがおしゃれの最大の表れだ、と思っている節がある。

私は六十四歳と七十四歳の時にかなりひどい足首の骨折をして、それ以来正座もできないし、歩き方もおかしい。でも今でも、アフリカまででも一人で旅行する。国内旅行の時、付き添いを同行するようなこともしたことがない。別に秘密の悪事をしているわけではないが、一人で行動する自由な楽しさを奪われたくないのである。

旅や外出は老世代にとって最高の訓練の時だ。座席がどこか、トイレは前方か後方か、おべんとうはどこで買ったらいいか、複雑な切符をどのように保管すべきか、すべて訓練の種だ。旅に出ても、

「私の席はどこ?」

「切符はあんたが持っといてね」

などという依頼心が、老化の道をまっしぐらに進ませるのである。

老人に優しくするのは当然だが、甘やかすのは相手を老人扱いにしていて失礼にあたる、という空気が私の周辺にはあって、ほんとうに助かる。

駅前まで行くにも、老人を一人では出せないという考え方をする地方が多いが、東京ではほとんどない。それは都会人の心が冷たいからなのか、それとも都会の高齢者が若ぶりたいからなのか、どちらなのだろう。

生きる姿勢

——用心、決断、本能の三つが揃わなければ生きられない

私は何一つ武道ができない。生まれつき強度の近視で、球技も不得意なら平均台も歩けなかった。息子は陸上競技、嫁は剣道、孫は少林寺拳法と、それぞれに少しはやるのに、私は二度にわたって両方の足首を折っているので、暴漢に会ったら逃げることもできない。まさに動物以下である。

私は武道を人の「姿勢」と感じている。姿勢の意味は複雑だ。純粋に肉体的な姿形でもあるが、実は心の姿勢であり生き方全体を示しているものだろう。

姿勢は構えがなければとれない。構えは自分の外界への解釈を基本とする。それがなければ一体、どういう姿勢をもって他者と接していいかわからない。だからほんと

うの武道に熟達した人は、人の心を見抜く名手だろう。

実は小説家にもそれに似た才能はある。小説家は決してただ空想で物語を書いているのではない。作家の多くは、観察の眼を養い続けている。初対面からほんの数分で、その人を見抜けるように思うことも多い。だから職業としてはスパイに向いている、と半分本気で思うことがある。

とは言っても、次第に薄皮を剝ぐように見えてくる、人の真実というものもあるといつも自戒しているから、自分には人を見抜く眼があるなどとは言えないところだ。

分析的な判断と、本能的な勘と、その二つがないと人は生きられないと私が思ったのは、五十二歳の時初めてサハラを三十五日かけて縦断した時だった。砂漠では、誰も守ってくれない。用心と、決断と、できれば研ぎ澄まされた本能の三つが揃わないと生きて帰れない。人生のどの場面も、似たような要素はあるものではないだろうか。

煉瓦の値段
——人間を生かすための、戦略的な一円

約十年間、私は日本財団の会長として、年間数百億円の予算の責任者だったので、その頃から、すぐ予算の内容を子細に見る習性ができた。その上私は、個人的にも四十年間小さなNGOで働いていて、アフリカなどの貧しい国で働いている日本人の宣教師たちの活動にお金を送り続ける仕事をしていたので、学校を建てます、バスを買います、などという目的の送金の内容も細かく見る癖がついていたのである。

その中でセメントは短時日の間に相場が動くので始末が悪いものだった。ことに一国にセメント会社が一社しかないと、その社長は値段を自由に操作して丸儲けしているという根拠のない噂まで聞こえてくる。しかし日本でも最近セメントの値段が大き

く動いたから、途上国だけの問題ではないのだろう。

煉瓦の値段も私の気になるところだったが、それは意外と各国共通に安定していた。煉瓦には三種類がある。全く焼いていない日干し煉瓦。道端に生の煉瓦を積み上げて三日三晩ほど半焼成するもの、それと私たちが知っている固焼きである。ステーキの焼き方と同じで、レアー、ミディアム、ウェルダン、と覚えればいい。

固焼き（ウェルダン）の煉瓦はたいてい一個五円くらいである。土地の業者はそれを、日本人のシスターには、八円から十円くらいの値段で見積もりを出してくる。私は「その点もよくご確認を」などと嫌味を言う。シスターからは「土地の人には一個五円で売っているらしいので、今値引きの交渉をしています」という返事がくる。

しかしアフリカ通の一人の日本人が言った。

「曾野さん、あなたの性格だと、徹底して値引きさせるでしょうけれど、それはいけません。五円ということを知りつつ、七円で承知してやってください」

その第一の理由は、我々日本人は彼らより金持ちですから、恵むという姿勢を忘れちゃいけないということです。もう一つの理由は、日本人と取引していれば、確実に二円は儲かるということになれば、彼らはシスターたちを殺しません」
安全保障という目的の二円があることを、爾来、私は肌身にしみて知るようになった。

現実の重さ
――実人生の手応えは重く、決して人を甘やかさない

衛星放送というものを見るようになってから、私は夜遅く、もう読書をしようにも眼が疲れて困るというような時に、今まで見なかったおもしろいテレビ番組を見る習慣ができた。

その中でも好きなのは、動物の習性を見せてくれる番組である。アフリカの肉食獣はその本性として、他の動物を追いかけて捕まえ、首に噛みついて窒息死させてから食べるようになっているものが多いという。

最近のテレビの撮影技術は、まるで私が実際に象やライオンの二、三メートル近くにいるような錯覚を与えてくれる。事実、チータなどの中には、撮影用の四駆の屋根

の上にまで平気で上がるほど人馴れした（文明馴れした）ものもいるらしく、私はあまりにも人間が野生の中に踏み込み過ぎて、彼らの自然な聖域を犯しているのではないか、と考えることもある。

しかし爬虫類でも、昆虫でも、人間に教えるところは実に多い。それは彼らの生き方が自足している、という実態である。

「自足」とは、自分が必要とするものを、自分で取ってくることであり、やたらにほしがらないことでもある。

ライオンは、お腹が空けば、自分で狩りをするほかはない。ライオンは牝《めす》が狩りをする。シマウマやレイヨウなどに風下から近づいて、一気に襲って相手を仕留めるには牝の細い体型が有利なのである。牡《おす》の大きなたてがみは、草の中に身を沈めても目立ってしまうから狩りには不向きで、牝が獲物を仕留めると、後から牡が出て行って真っ先にご馳走を食べるというのが習性らしい。

こういう仕組みは、別に心がけの問題ではない。心優しいライオンは、レイヨウを食べずに草を食べるというわけではないのである。自然は、このように残酷な姿を原型として留めながら流転している。

人間も動物である。生きるためには、さまざまなものを奪わなければならない。動物の命を奪わないために、インドにはたくさんの菜食主義者がいる。豆のスープとかオクラのカレーのようなものだけを食べ、ミルクは飲むけれど卵も食べない、という人たちである。菜食主義者は、ヒンドゥの身分制度で、最高の僧族に属する人が多い。ミルクを飲むのは、つまり彼らにとって残酷なこととは思われないからなのだろう。しかしそれも感覚の問題で、エジプトの昔の壁画の彫刻には、人間に乳を飲まれて泣いている母牛の図があった。牛は多分涙を流して泣きはしないから、古代エジプト人は、人間の心で、乳を子牛から奪って飲むのはむごいと感じて、それを表現したのである。

生きるためには、みんな死に物狂いだ。命を的に戦い、或いは厳しい労働をし、奪い、他人の痛みなどものともせず、自分を守るほかはない。私はそれを見習えというのではない。人の命を奪わなくても自分が生きられる制度を作ったのが人間の文明である。しかしその動物的本能の存在まで否定することは、虚偽的である。

最近の若者たちは、国際派と国内派に分かれるという。昔の若者たちは、ほとんどが外国に行きたがった。これが国際派である。外国には日本にないものがたくさんあったから、それを見に行きたかったのである。しかし今多くの若者たちは、この心地よく暮らせる日本を離れて、外国になど行きたくないと言う。これが国内派である。

昔、多くの若者たちが、外国へ行って『何でも見てやろう』とか『地球の歩き方』を覚えようとしたのは、なかなか外国に行かれなかったから、行きたかったのかもしれない。今に比べると日本は貧乏で、外貨の準備高も少なかった。終戦後長い年月、一ドルは三百六十円もして、しかも日本人はまだ、自動車も冷房機も、買えない状態だったから、そんな高い外貨を持ってアメリカなどに行ける人は数えるほどしかいなかった。

しかし今の青年たちは、何もアメリカへ行くことはない。アメリカにあるものは、ハンバーガーでもピッツァでも、スポーツカーでもゲーム機でも、何でも同じように日本にある、と思っている。

ほんとうはそうではないのだ。世界は広くて、日本人には想像もできないような歪んだ現実がある。外国の富は、日本人の金持ちしか見たことのない我々の想像外である。今でも、奴隷売買も、強制労働も、誘拐した幼児から臓器を奪う商売も、世界の流れの中では、決してなくなっていないという。一見開けて秩序あるヨーロッパなどの文明国家の中にも、厳しい人種・階級差別が歴然として残っている。それを、日本人は知らず感じないだけのことなのである。

そういう現実を知ってか知らずか、日本人は穏やかな日本を離れて、わざわざ苦労して、犯罪も多く言葉も通じない外国に行く必要はない、と考える。ぬるま湯の中に浸かっているような穏やかな生活の中で、日本人は自分は貧困だと言い、人権や人道をうたうのである。

日本人にとって、すべての不幸はガラス越しなのだ。「かわいそうねぇ」と同情する方は、何の痛みも、寒さも、空腹も感じない。

私は幼稚園からキリスト教の学校に入れられたので、クリスマスというのは、半日、断食をするという厳しい行事をする日だった。

日本の子供たちは、クリスマスにはサンタクロースや両親から何かをもらうものだと思っているが、私たちは、クリスマスには、自分の身辺の貧しい家族に何かを贈る日だと、外国人の修道女に教わった。それも自分の家に有り余っている何かをあげるのではなく、その日だけは、温かいスープを自分の家で飲むのはやめて、その中身を鍋ごと、近所の貧しい家庭に届ける。或いは昔のことだから、家には暖炉があって、普段の日にはそこに赤々と薪を燃やしているのだが、クリスマスの日だけはそれをやめて、自分たちは寒い思いをし、その日焚く分の薪を、普段は凍えている家族に届けるのが、ほんとうのクリスマスだと習ったのである。

日本では、そんな相手もなく、しかも突然スープや薪など持ち込まれたら、相手の自尊心を傷つけるかもしれないから、何もしないのだが、少なくとも私たちは、金で買えるケーキをぶら下げて家に帰ったり、お酒を飲んでドンチャン騒ぎをするのがクリスマスなのではなく、むしろその日はずっと静かに禁欲的に、得られるはずのぜいたくや幸福を人と分け合う日だと習ったのである。

たった一食、ほとんどご飯を食べないだけでも、クリスマス・イヴの私はずいぶん緊張していた。今は、二日や三日食べないでも大したことはない、と思える。二〇一〇年のハイチの大地震では、少なくとも十日以上生き埋めになっても生きていた人が数人はいたのである。

テレビゲームでは、人間は何でも可能である。スパイや、泥棒や、大統領や、赤ん坊や、妖精になること、すべてができる。したがって空を飛ぶことも、ビルからビルへ飛び移ることも、ジェット機に追いつくことも、エベレストに登ることも、地底に潜ることも、ワニのお腹の中を旅行することも、何でもできるのである。しかも何をやっても命の危険はなく、暑くも寒くもなく、空腹も喉の渇きを覚えることもなく、背中に背負った食料や必需品の重さで肩が痛むこともなく、ちょっとした疲労さえない。食事の時間になれば、自分のうちの食卓に向かうことができるのだし、夜になれば、寝馴れた布団の中に潜り込むこともできる。

国内派というのは、つまり現実回避派、ヴァーチャル・リアリティー派ということだ。現実がないというより、現実を避けている。だからいくらでも人道主義的理想に燃えることができる。現代の日本で、それがもっとも卑怯な若者たちの姿なのではないかと思う。一時代前から、ニートとかフリーターとか呼ばれる人たちが生まれたのも、そうした空気を感じたからである。彼らはつまりヴァーチャル・リアリティーとリアリティーの中間点を見つけようとしたのかもしれない。つまり好きな時に、好きなだけ働くことができれば、それは先進国では、きちんとした勤労者と認められるはずだ、ということだったのだろう。ところがほんとうの労働の成果は、自分のしたくない時でも、嫌な思いに耐えつつ、継続して働くうちに、そこに到達するものなのだ。

若者が、ヴァーチャル・リアリティーのお手軽な呪縛から逃れて、現実の苦い人生を味わう勇気を果たして持つか。実人生の手応えは重い。それは決して人を甘やかさない。ただその分、達成した時の豊かな味わいは、ヴァーチャルな世界では味わえない重厚さと密度を持つ。そこに気がついてくれることを願うばかりだ。

時間の主人になる
――与えられた場所で、与えられた時間を生きる

八十代になったにもかかわらず、私はあまり重大な病気もせずに、したいことをして暮らしてきた。毎年のようにアフリカの調査にも入っている。かなり不自由で多少の危険もある旅なのだが、のんきに旅を楽しんでいた。七十四歳の時に脱臼骨折をしたにもかかわらず車椅子の生活にもならなかった。

生まれつき足の機能がよくないのである（と言うと口の悪い友人が、「他にも、ほら、根性とかいろいろよくないことあるでしょう」とイヤミを言っているが）。ちょうどその十年前にも右足を折ったのに続いて、二度目には左足を折った。その当時世間では設計ミスだの強度偽装だのと言う言葉がはやっていて、それは設計技師とコン

クリートの建造物の問題だったのだが、私は自分の足のことだとしか思えなかった。ただ私は入院生活を比較的有効に使うこともうまいことを発見した。それはもちろん内臓の病気ではなく、怪我だから、手術後の痛みの管理さえうまくできれば、読書をする気力があるということだろう。

私は手術が終わるとすぐに読書を始めた。シュヴァイツァー選集を四巻、ル・クレジオの『アフリカのひと』、グレアム・グリーンの『燃えつきた人間』、スーダン人女性メンデ・ナーゼルの『奴隷』、ジョセフ・コンラッドの『闇の奥』。ここまではアフリカものである。退院後は近東のイラク関係の本を二冊、『千一夜物語』を思いつくままに、それと療養中だという感情移入があるのかトーマス・マンの『魔の山』を思いがけない興味で読んだ。これはスイスの結核療養所の話である。

いい本に巡り合い、数年分の知識を一挙に得た。病院ではぜいたくに個室にいたので、いつでもテレビを見られたが、あまり見なかったおかげで本が読めたのである。日本人に個性がなくなったのは、テレビばかり見ていて本を読まなくなったからだ、という実感があった。つまり私は入院中の時間を病人として使わなかったので、その間むしろ勉強というより、先人の知恵に浴びるようにふれられたのである。

死ぬまでは生きているのだから、入院してもできるだけ日常性を保ち、むしろ積極的にやれることをおもしろがってやって暮らすことが大切だと思っている。

人はその時々に与えられた場所で、与えられた状況で、与えられた時間を生きるほかはない。この三つの要素の中で、人為的に変えられないものもあるが、時間の使い方に関しては、目下の日本では、かなり自分で自由に管理することができる。つまり自分が時間の主《あるじ》になることが芸術なのである。私の芸術は、大してお金も掛からない。本は後で引用するためにやたらに赤線を引く癖があるので自分で買うが、図書館で借りた本でもおもしろさは同じなのである。

痛くない理由
――人間として生きるという意味

一九九六年の五月十二日、「看護の日」の午前十時半頃、私はひどい転び方をして骨折をした。骨が硬かったのはいいのだが、右足の骨の一本を縦割り、一本を横割り、踵《かかと》の骨が脱臼して、足の向きが変わっていた。当然私は救急車で運ばれて、すぐ脱臼した骨はストンと入れてもらったのだが、レントゲンの結果「手術は仕方がないでしょう」という診断だった。

その日午後早々に、私は看護師さんたちに講演をしなければならなかった。私は診断がついた以上、そのまま会場に行き、電話で車椅子を借りることをお願いしておいて、無事に講演を済ませた。事故後約五時間ほど、私はまあ普通に仕事をしたのである。

講演後、私は会場の近くの大学病院に入院した。やっと仕事を終えて、私はほっとしていた。その頃、突然血圧が下がった。上が八十六しかなくなった。看護師さんが「いつもこんなに低いんですか」と聞いたので、私は「ええ、大変低い方です」と言っておいた。

どうして私が骨折後、全く痛みもなく講演ができたのかと言うと、私の脳の中にエンドルフィンとやら麻酔の効果のある物質が大量に出た、のだそうである。一方、私の生理は「これはかなりの大怪我だ」とわかっていたので、血圧はうんと下がってしまったのだろう。自己防衛本能というものは、実にすさまじいものがある。とにかく自分で麻酔薬と同じ物質を出して痛みを止めるのだ。國松警察庁長官が、オウムらしい人に狙撃された時のことについて、「お痛かったですか?」と伺ったら、全く痛くなかったと言われた。これもエンドルフィンなのだろう。

新聞によると、神戸の少年少女を殺した酒鬼薔薇少年を精神鑑定した人たちは、少年が表面に悔悟の色がないことについて、「一度、反省の言葉を言えば、存在がなくなってしまう。突っ張ることで自分を保っている」と言った。さらに一人は「良心が戻ってきたら生きていられないのではないか」とも言っている。

この言葉は最近、もっとも私の胸を打ったものである。少年は動物として生きるためには、人間らしくあってはいけない、という立場に自分を追い込んだのである。

人間は、自分を生かすためにもっとも必要な条件を（私の脳の中のエンドルフィンのように）瞬時に計測して実行に移すものらしい。少年の場合、動物としてでも生き抜くべきだと判断する方が正直なのか、人間は人間にならないでは生きている意味がないのか、誰が答えを出すというのだろう。

シェークスピアが人生の深淵を書き尽くしたと思っていた時期もあるが、まだこうして出てくる。

贈り物

——静かに忘れ去られることは、幸福の極みである

二〇〇二年の四月に、ヒラリーとテンジンが再びエベレストに登る、という記事を英字新聞で読んだ。今回の登山は、一九五三年の初登頂以来五十年目を記念して行われるもので、同名のコンビでもピーター・ヒラリーは四十七歳、有名なあのエドモンド・ヒラリーの息子である。一方テンジンは世界に名を馳せたテンジン・ノルガイの孫のタシ・テンジン・ノルガイだという。

私のような年だと、「そうか、もう五十年が経ったのか」と感慨深い。最初のエベレスト登頂は、一九五三年に行われたイギリス女王・エリザベス二世の戴冠を記念して行われたものだったという。

当時私は大学生だった。読売新聞社が戴冠式を記念して英語の論文を募集した。私は何にでも気後れする方で、自分から積極的にする方ではなかったが、大学から勧められてその懸賞論文を書き、優秀賞というものをもらった。「一等賞」になれば、イギリスへ行けたのだが、私は実は英語はそんなにできなかったのである。ただ作文の能力はあったので、書かせてみるか、ということになったのではないかと思う。

あれから半世紀が経ったのだ。どのような天才も、有名人も、必ず静かに世を去って忘れられていく。私はそのことをこのごろでは悲惨とは思わず、むしろ温かい歴史の仕組みだと思うようになった。悪名で覚えられるのより、静かに忘れられれば、こんな幸福はない。

今回の登頂は、しかし息子のヒラリーと孫のテンジンが一緒に登るのではなさそうだ。ヒラリーはテンジンの息子のジャムリン・テンジン・ノルガイとベース・キャンプで落ち合い、ニュージーランド隊と共に、かつて彼の父が辿ったのと同じコースをとる。息子のヒラリーは、一九九〇年に最初のエベレスト登頂に成功している。

一方テンジンの孫に当たるタシはスイス隊と別ルートをとるが、関係者は、山頂で二人が出会うように計画している、と言う。

私は今までに何度も普通の観光コースでない旅行をした。サハラ縦断や、アフリカの国々の奥地で働くシスターたちを訪ねた。そんな時こまごまと、ひたすら自分がガマンをしなくてもいいような品物を卑怯にもカバンの底に潜ませた。それらのちょっと便利なものは、宇宙開発と、南極越冬と、未だに続いている第三次大戦に至らない地域戦によって開発された武器の応用として生まれたもの、だと言わざるをえなかった。そしてそれらの結果は登山によっても実験され実用化されたものであった。

すべての人はあらゆる人から恩恵を受ける。善からも悪からも贈り物をもらう。そのからくりを考えると、誰もが本来なら謙虚にならざるをえないのである。

第二章

自分という存在

得意なことを一つだけやり通す。
それだけで、生きる実感を得られる。

実のある会話
——自分だけに与えられているものを活かす

知人が来て、彼の勤め先の空気が、ほんとうに暗い、と言う。

「暗いってどういうふうに？」

と私は尋ねた。

「誰も何もしゃべらないんですよ。ただ連絡とかそういう当たり障りのないことだけで……だから何を考えてるんだか、全然わかんない……」

それではつまらないだろうな、と私は思った。私の家では、可もなく不可もないようなことは誰も言わない。賛成する時は、はっきり賛成。どちらでもない時は、まだわからない、という言い方をする。私は気が短い方だから、このことがよかったか、悪かったか、どうしてもはっきり言ってしまう。ただし、言葉ができるだけ荒くならないように、その結果の不愉快な思いを決して長引かせないようには注意はしているけれど。その反対に助けられた時には、心から感謝する。自分の素質になかったことを補完してくれる人というものは、家族にも世間にも身近にも、必ずいるものである。知らない知識を教えてもらうことはざらだし、私が怠慢から忘れていたことを補ってくれたりするとほんとうに助かる。お礼を言うことは楽しい仕事だ。

しかし確かに世間には、私のような考え方は非常識人間が口にすることだと思う人もいるらしい。

まだ若い時、私はただ或る現実として「うちは夫婦共、ゴルフというものをしないんです」と言った。厳密に言うと、実は私の人生で三十分間だけ練習場で球を打たせてもらったことはある。しかしそれだけで、私の手は震えが止まらなくなった。手の一定の筋肉だけにバカな力をかけたからだ、とゴルフの上手な人に笑われた。しかしことは深刻だった。当時はまだ万年筆で原稿を書いていたので、手の震えで書けなくなったのである。私は諦めだけはいい方なので、ゴルフは多分職業上差し障りのある娯楽なのだと思い、それ以来このスポーツとは無縁になったのである。もっともこれは間違いで、文壇の花形作家の中にはゴルフの好きな人がたくさんいたのである。

だからゴルフをしないというのは、全く単純な事実だったのだが、私の言葉を聞いた相手はにこやかな顔で「ご冗談を」と言った。

こういう言い方ほど私を困らせるものはなかった。察するに、相手はゴルフをするのが上等な暮らし方で、「しない人間が、インテリと言われている人種の中にいるわけがない」と思い込んでいるようだった。

私の家庭は、若い時から夫婦共稼ぎだったし、私も二十三歳の時から少し原稿が売れたので、戦中、戦後の子供時代を除いては、それほど貧しい暮らしはしないで済んできた。夫婦共、親から遺産めいたものの相続を全くしていないので、すべて自分で経済を成り立たせてきた。ゴルフも望めば、どこかのゴルフ場に会員権を買って楽しむこともできたかもしれない。しかし私の家族は誰もが他人の言う「金持ち風の生活」が好きではなかった。

夫も「ゴルフをすれば歩くから健康にいいですよ」と人に言われながら、終生ゴルフをしなかった。ゴルフ場なんて決まり切ったところを歩いていては人の生活も見えない。町なら一本違う通りを歩くだけで別の光景が見える。思いがけない発見もある。それに、町を歩くことにはお金もかからない、というのがその理由だった。精神がケチだったのである。

私の一家は、皆少し型破りだった。

息子はけっこうスポーツマンだったのだが、まだ高校生の頃、私の知人の一人が東京でも名門のテニスクラブの会員の席が一人分空いたから申し込んでみたら、と言ってくれた。そこの会員になることは、或る種の人たちの憧れの的だった。そうすれば財界や政界の有名な家族と親しくなれるかもしれないし、そこの会員だというだけでエリートだと思ってもらえる空気もあるらしかった。

息子と違って、私は実はスポーツというものを何一つしない。自分がプレイをしないだけではなく、スポーツをテレビで見ることもしない。球団の選手の名前も知らない。知っていた方が人生の楽しさは倍加するのだろうが、私には別におもしろいと思う世界があるのでそれで手いっぱいだったのである。

私はテニスクラブの会員権の話を一応息子に伝えた。すると息子は果たして「僕はそういうところには入らないよ」と言った。

「それにテニスなんて、空き地に紐張れば、どこでだってできるんだよ」

それはつまり、私たちがトーナメントで見るあのすさまじいテクニックを要するテニスのことではないだろう。確かに紐一本でテニス風の遊びはできる。私がよく行くアフリカの田舎では、紐や古毛糸を丸めて作ったボールでサッカーをやっている。いずれにせよ息子の考えるスポーツは、徹底したアマチュアのスポーツであった。

この息子は、父親が昔の中学の同級生から大型のヨットを共同で買わないか、と言われた時も「親父さんが買いたいなら買えばいいと思うけど、僕は乗らないよ。大勢のクルーがないと動かないヨットなんて要らないんだ。ヨット買うなら、ディンギーがいいよ」と答えたのである。

ディンギーというのは小型のヨットで、遭難した人が助けが来るまで掴まって浮かんでいる板とそっくりだが、多分操船の基本を覚えるには、一番いいものだろう。

つまり息子は徹底して豪華なもの、ブルジョワ的なものを避ける性格であった。それは決して円満な性格を表してはいないのだが、私はそれなりに彼らしい、と思うことにした。

私はぜいたくもするし、節約して暮らす面もある。海の傍に別荘用の土地を買ったのは四十年前であった。長い年月をかけて手を入れ、植えておいた椰子は高さも十メートルを超えたし、南方の木も植え、花も作るようになった。同時に畑も整備してタマネギやえんどう豆やイモを植え、採れた野菜を自分で料理して食べている。それが私にとっては最高のぜいたくなのである。

人は人、自分は自分としてしか生きられない。それが人間の運命だろう。個別の人としてこの世に生を受けた以上、人間は一人一人違っていて当然だ。無理して違わせることはないが、遺伝子が違うのだから好みも違って当たり前であろう。

人がするから自分も同じようにする、ということを、私は息子に許さなかった。友達がマンガ本を読んでいるからボクも、という要求はいけない。友達が持っていて、自分にはないものもあるだろうが、友達は持っていなくて、自分には与えられているものもあるだろう。だから違いを言い立ててはいけない。

この認識を確立することだけが、人の幸福を左右するように思う。

どんな小さなことでもいい。自分の選択と責任において、背伸びしなければ、自分のできそうな仕事に就くことは、多くの場合可能である。私が子供の時から親しんできた聖書には「働きたくない者は食べてはならない」とある。「キリスト教は冷たいんですね」と言う人がいるが、病気や障害で「働けない人」にまで働かないなら食べてはならない、と言っているのではないのだ。「働きたくない人」が食べてはならない、というのは当然のことだと私は思っている。

どこの途上国でも、人々は文字通り背を曲げて一生懸命働いて暮らしている。食事が悪いのに労働がきついのでやせ細り、結核患者が今でも多い国もある。農民や、人力車夫などの痩せ方を見ていると、気の毒でならない。

日本で、雨の漏らないお湯の出る家に暮らす親たちは、ひきこもりの成人した息子がうちでごろごろしていても、どうやら食べさせるくらいのことならできるのである。だから若者の方でも、働かなくても飢え死にすることはない、と甘く考えている。

しかし人が生きるということは、働いて暮らすことなのだ。中国やソ連など、社会主義の思想の強かった国では、自分で仕事を選ぶこともできなかった。党や国家が決めたのだ。しかし日本では、何とか頑張れば自分が好きな職業に就ける場合が多い。幸せなことだ。

問題は好きな仕事というものがない人と、長年、同じ仕事を辛抱して続ける気力に欠ける人たちが、けっこういるらしいということである。何事も長い修業時代が要る。小説家の生活もそうだった。何年経ったら、作家になれるという保証はどこにもない。失業保険もない。時間外手当てもつかない。それでも好きだから下積みを続けた。人と同じことを求めていては自分の道は見つからない、ということだけははっきりしていたのである。

岩漠の上の優しさ
――性格も才能も平等ではない。運命も公平ではない

今でも世間は、平等と公平を希求し続けるが、私の見るところ、人間に完全な平等も公平もあるわけがない。

私は山本富士子さんという、今はもうあまり活躍していらっしゃらないけれど、かつてのミス日本だった絶世の美女と同い年だ。いや今の人たちには、エリザベス・テーラーとほぼ同年だという方が理解されやすいかもしれない。晩年のエリザベス・テーラーは車椅子に乗った厚化粧の老女になってしまったが、昔は完璧な美少女で、やはり終生その魅力は尽きなかったのだろう。最期までマイケル・ジャクソンのガールフレンドの一人だったということになっている。

同じ女性と生まれて、一人は世界的美女になり、その他大勢はそうでない。これほど簡単に、人間は平等ではないことを示しているものはない。

マリリン・モンローが死んだ時、検死で彼女の正確な身長体重が初めて発表された。驚いたことにそれは、彼女より数年年下だった当時の私の身長体重と全く同じだったので、私は会う人ごとにその話を吹聴することにした。するとほとんどの人がうんざりしたような表情をするのだった。その中の数人は極めて率直だったので、理由を説明してくれた。同じ身長体重にしても、つくべき場所に肉がついていないと全く別物だ、と言うのである。

私は数学も幾何も物理も、全く不得意である。というか、生身の人間が出てこない場面に興味が持てない。軍隊で言えば、私は禁じられている化学兵器の研究には向かないだろうと思うが、情報収集をやらせたら、のろまに見えても十人の中で一、二を争う腕前を発揮するかもしれないと思う。私の観察癖は生まれつきのものなのである。

つまり物も人間も使いようだということだ。

性格も才能も平等ではない。運命も公平ではない。しかしその偏った才能の使い道や、幸福を感じる能力は、それとは全く別の機能で動いており、比べようがない。

戦後の教育は、平等であり公平であることが、可能であるかのように教えてきた。そしてその原則が守られない場合には、社会が病んでいて、どこかに「悪い奴」がいるのだ、というような教え方をしてきた。しかしこんな単純な理由づけは、もし大人たちが人並な眼力で世間を見ていたらとうてい通らないようなものだ。

或る人は、誰かに面倒を見てもらうより、常に人の世話を見る立場になってしまう。よく世間には、子供の時からいつも一家の中で貧乏くじをひいているように見える人が出るものなのだ。幼い時に実母が死んで継母が来る。継母は自分の生んだ子供、つまり弟妹たちばかりをかわいがり、継子である自分はお菓子一つ、弟妹たちとは同じにくれない。それなのに継母が年を取ると、実子たちは皆母親の世話をするのを嫌がり、結局苛められた継子である自分が面倒を見ることになってしまった、などというケースはよくあるものだ。

ほんとうに割に合わない話だと思う。しかし私のように長い年月世の中を見てくると、人間はどちらかと言うと、この手の貧乏くじを引いている方が穏やかな暮らしができている場合が多いことがわかってくる。というか、もらう立場ばかり狙っている人は、ほとんど誰とも「人間としてかかわった」ことがなくて済んでしまうので、一生ぎすぎすした性格ばかり助長され、誰から見ても羨ましい人生を送っているとは言えないように見える。

かつて私は、アルジェリア南部のサハラを一日二十キロ歩いて洞窟に描かれた古い岩絵を見に行ったことがある。目的地は自動車道路というものは全くない月面状の岩漠のかなたで、アルジェリア人とフランス人の混血だと自称する土地のトゥアレグ族のガイドは、まだ子供の頃から父親に連れられてこの辺の荒野を歩いていたから、サハラは庭のようなものだとは言っていたが、それでもかなり精密な衛星写真を持っていた。

私はほんの身の回りのものを数キロ分しか背中にしょっていなかったにもかかわらず、十キロ近く歩くと、もうその荷物が重くてたまらなくなってきた。するとかつて大学のワンゲル部のようなところで鳴らした同行者が、私のリュックを引き受けてくれた。そのおかげで、私は二十キロの行程を二日がかりで往復歩くのに落伍しないで済んだのである。

その時、荷物を持たせて申しわけなかったという思いを、私は、まだ改まってその人に言ったことはない。彼も年を取り、私はその後、両足のくるぶしを骨折して、軽い障害の痕跡を残した。今の私はあの岩漠を二十キロは歩けない。しかし私はあの時、負い目を感じながら、自分は一生、できたら人の荷物を引き受けて歩く立場になりたいと思ったのだ。

戦場で他人の荷物を持ってやることは、もっと大変だろう。しかしそんな立場を取れる人こそ、現実の「和」を作ることは間違いない。

「完全な公平」などない
——不公平に馴れ、自分の道を生きる

自分の身内だったり、かなり個人的な意見を述べてもいい関係だったりしたら、私は若い人に、不公平に馴れる訓練をしている。

最高裁の判決で新たな見解が示されたが、「一票の格差」という言葉がそのことを思わせたのである。

もちろん世の中の動きは公平であった方がいいに決まっている。しかし完全な公平ということは、事実上この世であり得ない。だから食料品売り場で、私たちは大根の山を前にしてどれが少しでも大きいかを見比べているのである。

大根の太さを比べているうちはかわいいものだ。しかし完全な公平を期して、不公

平の是正にばかり、精神と時間を費やしていると、自分自身がほんとうにしたかったことに捧げるはずの時間を失う。

私がまだ子供の頃に遭遇した第二次世界大戦のために、私の知っているたくさんの大人たちは、ひどい運命の変転を味わった。空襲で家を焼かれた人、戦後経済の動乱の中でそれまでこつこつと貯めていた一切の財産が消えた人。それぞれにひどい目に遭ったけれど、それより無残なのは、大切な家族を戦争で失ったことだろう。いささかの補償は出たにしても、それで息子や夫を失った母や妻たちの一生が償われることはなかった。

戦災の後の焦土に立った人たちは、とにかく自分で生き延びることを考え、公平も平等も視野にないかのような時代を、自分なりに生き抜いた。私はその再生の闘いに参加するには、まだ少し幼かったけれど、その世代の人たちの生命力に、深い尊敬を捧げている。

不公平、不平等を是とするのではないが、私たちの人生は思いのほか短い。だから急いで、自分の道を生きることの方が必要だ。

手製のマーマレード
——「他人と同じでいい」は、衰退の始まり

一年に一度ずつ、障害者や高齢者を含めたイスラエル旅行をして、これで十七年が経った。

毎年少しずつ、新しい試みが加えられている。遊牧民のテントに泊まったり、植樹をしたりもした。来年はイエスよりほんの少し前に生きていたヘロデ大王が作ったマサダの城砦の上で、満月の夜に野営をする計画を立てている。ほんとうはこういう企画は旅行社泣かせなのである。

しかし荒野や砂漠の満月の夜に、その月光の中で眠るほどぜいたくはない。一瞬「これで死んでもいい」と思いそうになる。サハラ中央部では満月の晩、月光は瞼の

裏まで貫くほどの明るさであった。眩しくて眠れない。星だらけの蒼穹《そうきゅう》が私の天蓋《てんがい》であった。

しかし私たちがイスラエルの旅で必ず最後に休むのは、ガリラヤ湖畔のキブツが経営する「ノフ・ゲノサレ」という簡素な宿である。テレビはあるが冷蔵庫はない。しかしファックス代が大変安いので、私など大感激である。

それに食事がすばらしかった。採れたての野菜が山のように出る。赤いカブのジュース、赤青黄のピーマン、自家製のチーズ。中でも私が惹きつけられたのはキブツ製の手製の苺ジャムとオレンジのマーマレードだった。ビュッフェのテーブルの端の方に、見場の悪い素焼きの壺にどかっと入っているのが、また魅力的なのである。

ことにマーマレードは逸品だった。というか日本みたいに細く切ってない。大量に作るのだから手抜きをして、皮の一片が親指の爪くらいの面積があるのも混じっている。しかしそれがまた飴色に煮えていて、豪快なおいしさだったのだ。

ところが今年行ってみたら、カブのジュースもなかった。苺ジャムもマーマレードも、市販のジェリーみたいなつまらないものが平気で出されていてがっかりしてしまった。ガリラヤ湖の水位も信じられないほど下がっていて、今にこの湖はなくなるのではないかと心配する人もいた。計算上の水量は、まだ六百年は充分保つのだそうだが、素人は不安がるのである。

まだ湖の周辺は花もいっぱいである。猫ものびのび。小鳥もお喋り。風も光もかぐわしいから、一応はお客も来るだろうが、問題は成功したキブツの堕ちていく姿が、あまりにも明らかに見え始めたことだ。

何でも他と同じことをするようになって、それでどこが悪い、と考えるようになったら、まもなく客足は遠のくだろう。一つの企業の堕落と衰退は、他人と同じことをしていれば、レベルに達しているじゃないか、という発想に侵された瞬間に始まるのだ、ということが今度初めてわかったのである。

両極の意味
――自由を得るための四つの条件

一人の人間の、いい意味でも悪い意味でもその人の「根性」などというものは、そう簡単に改変されるものではない。私は若い時から老年になるまでを振り返って、そのことがよくわかる。子供の時、青春時代、そして長い作家生活と結婚生活と、そのすべての時期を通して私が何よりも求め続けてきたのは、自由だった。それも魂の自由人になることだった、ということである。

人はすべて、自分の体験からものを言う。秀才はそうでないのかもしれないが、だから往々にして説得力に欠ける。

生涯を通して自由を得たいと願い続けて、それが或る程度可能だったことに、私はまずいくつもの点で感謝しなければならない。

第一に、偶然の結果なのだが、私自身が今まで犯罪を犯さずに済んできたことだ。小さな心の中の罪はたくさん犯してきた。しかし今私が言うのは、もっと単純な結果である。つまり刑務所に入れられるような犯罪だけはしないで済んできたということである。もっともその点でさえ、私は明日にも何をしでかすかわからない。私は全く自分を信用していない。

私の考えはまことに単純なのだ。刑務所に入りさえしなければ、私は一応の基本的な自由を手にしている、と言える。どこへ行くのも、どこに住むのも、何を食べるのも、誰と会うのも自由なのだ。これは一人の人間に与えられたすばらしい特権である。刑務所に入らないで済んだことを誇ってはいけない、と私は思う。理由は簡単なのだ。私はまず健康だったから、耐える力が人並みにあった。人並み以上とは決して言わない。私は時々他人の仕事の話を聞きながら「これは大変だ。私にはとても務まらない」と内心で思うことが多い。ホステスさんの生活も無理だ。私は朝型で夜働くのが辛いのである。官庁の暮らしもできない。「規則でこうなっています。前例がこうです」と言わなければならない立場になったら私の心は萎縮する。

健康であることの原因の何割を親からもらったと言えばいいのだろう。私には医学的な返事ができない。このごろは遺伝子の話ばやりだがこの傾向は嫌いではない。「こんな女に誰がした」という歌ではないが、私がこうなったのも一部は遺伝子のせいで、悪くたって責めないでよ、と言えたら便利だなあ、と考えている。しかし、もしそうとすれば、私が人並みな健康を維持していられるのは、九十パーセントまで親のおかげなのである。

第二の理由として、私は幸運にもいい時代に生まれ合わせた。私は子供の頃、明日まで生きていられるかと思うほどの激しい空襲を東京で体験したが、その後の半世紀以上を、異常な幸運としか言えない平和と繁栄の中で暮らすことができた。日本はすばらしい国家だった。国民に良質の電気と水と炊事や暖房用のエネルギーを確保し、戦前には決して珍しくなかった乞食がいなくて済む生活水準を維持してくれた。旅行や移住の自由、出版の自由、言論の自由を認めた。言論の自由に昔も今も弾圧をかけているのは、マスコミだけだが、言論の自由など、国民が食べられるかどうかということに比べれば、大したことではない。

世界にはまだ、今晩の食べ物がなく、現実的に子供たちが教育を受けられる環境になく、実質的に国内の貧しい一般庶民にとっては、気楽に受けられる医療設備は皆無に等しい国、というのもたくさんある。何しろ中央アフリカには、首都の国立病院と名のつくところなのに、レントゲンは数年間壊れたまま、天井の破れた検査室には顕微鏡が一台だけ。だからもちろん血液検査などできない。エイズは国民の二十人、三十人に一人、というほど蔓延しているのに、使い捨ての注射器もないという医療機関も決して珍しくはない国が、いくらでもあるのだ。

しかし日本のような行き届いた自由な社会に暮らせば、自分の魂を常に自由に解放しておけるか、と言うと、決してそうではないことは、周囲を観察していればすぐわかることだろう。

むしろ私たちの生活の周囲は、かなり病的だ。心身双方の「今日の疲れ」を明日に持ち越したままずっと暮らしている人もたくさんいる。企業の規模も大きく業績も安泰な大会社に勤めながら、自分が誰かの考えに抑え込まれている、という不安に苛まれながら暮らしている人も多い。組織が優先で、個人は自分の意見を持つどころか、組織の一員になり切れ、と強制される生活をしていると、精神的な奴隷の生活を送っているように感じられてくるのである。

もちろん後でゆっくり触れるが、百パーセントの自由人などという人はこの世にいないのだ。もし仮にそういう立場の人がいたとしたら、その人は自分の生きている空間を自由とは感じなくなっているだろう。自由が理解できるのは、不自由の要素があってこそなのだ。その上現実問題として、人は誰でもいささかのしがらみに生きている。ただすべてのことは、程度問題だ。

人が完全に組織に呑まれ、その機能の一員になることを容認しなければならないとなると、人間の肉体は多くの場合、そこで謀叛を起こすものらしい。拒否された自己を回復しようとして、不眠症や、鬱病や、胃潰瘍や、ガンになる。ほんとうかどうかわからないが、このごろ、こうした心理的な生活のひずみと病気の関係を言う人は多くなった。身体を癒すのは、薬ではなく、幸福な満ち足りた思いだという説が出てきたのである。そして私はこの考えにかなり同調している。

しかしもう一度点検してみると、実際のところ、その人がほんとうに自由を望んでいるかどうかはわからないのだ。自由は楽しいが怖い。自由には保証がない。自由にはシェルター（避難する場所、保護してくれるところ）がない。自由は容易に攻撃される。自由を取るとすべての責任は自分にあることになる。それを承知で、自由を取れるか。呑まれて人の言うなりになっている方が楽ではないか、と時々人は思うであろう。そう思うのが、自然とも言えるし、悪魔の囁き、かもしれない。しかしこの場合でも、人はどちらかを選ばねばならないのだ。

私は今までしばしば私が胸を躍らせるような、自由で、破格で、おもしろい人生を見に行く旅や取材に知人を誘った。しかし多くの人があまり興味を示さないか、「怖くない？」と私に聞くので、誘うのをやめたこともあった。誰にも旅の安全など保証することはできない。「できる限りの安全対策はしますが、それ以上のことは運ですねえ」と言うよりほかはない。

普通の生き方にしてもそうである。安全で、風当たりが強くなくて、誰からも好意を持たれながら、しかも好きなことができる、という状況はまず現世にはない、と見なければならない。人は常に、運命のどちらかを選ぶ以外にない。危険や不安を承知で自分の好きなように生きる方を取るか、それとも自分の個性の磨滅を承知で集団的安全の域内で暮らすか、どちらかなのである。その両方を望めば「二兎を追って一兎をも得ず」になるだけだ。

第三に、私が幸福だったのは、日本の繁栄と時を同じくして生まれたので、いささかの経済的ゆとりを得たことだった。これは、今多くの日本人たちが得ている好ましい境遇である。私は作家としての収入もあったので、夫とは別にささやかな経済的自由も得ていた。しかし収入を全く自由に使い切るほど、私には別にしたいこともなかった。

もちろん私はいつもちょっとしたぜいたくをした。寝心地のいい羽蒲団は真っ先に買ったし、デミタスのコーヒー・カップのコレクションを旅先で買い集めたりした。取材費は四十代から出版社や新聞社に出してもらうのは一切やめた。取材旅行はすべて自費ということにしてから、外国へ行く時の飛行機は「上等」の席に乗ることにした。疲れないし、着いてすぐ取材にかかる時の疲れが違っていた。

これが自由を得るための第四の条件と関わりがあるのかもしれない。自由はすべて自分の力の範囲ですることだ。私は最近、重症のご主人を、アメリカからチャーターした自家用機で日本まで運んだ方の話を聞いた。日本まで命が保つかどうかわからないという病状のご主人を、病院から空港、それから飛行機の中だけの責任を負う医師や介護士たちの手に委ね、日本に着いてからどういう形で入院させるか、をすべて考えた大作戦であった。

「夫が稼いだお金は、夫が使えばいいことだから」と夫人は敢えてこのような大がかりな病人輸送をした意図を話された。

私はこういう話を聞くのが好きである。自分も同じようにしたいと思うからではない。夫も私も多分、これほどの状態になったら、決してチャーター機で日本に帰るようなことはせず、出先で死ぬことが運命だったのだ、と思うだろう。金を惜しむのでもないが、あまり大がかりなことは何となく私たちらしくないような気がするからである。

しかし誰かがお金をかけてでも病人の希望を叶え、重体の患者の輸送を試みることに私は少しも反対ではない。すべての文化は、こうした人間の強い欲望の、しばしば「無理」と思われることから可能性が広がっていくものなのである。

　私は貧しいアフリカの田舎の暮らしにずいぶん接してきた。たとえば、私の知人の日本人の修道女が働くマダガスカルの田舎の産院では、ボロではあっても、とにかく私たち素人が「未熟児をいれるガラス箱」と言っている保育器が二台あった。もっともそのうちの一台は、温度調節の機能が時々おかしくなり、或る晩、当直の娘さんがそれに気づいたからよかったようなものの、うっかりしていたら赤ちゃんが干物になるところだった、というほど温度が上がってしまっていた。それでもそんな恐ろしい保育器をだましだまし使うほかはないほど、貧しい社会なのである。

　日本だったら保育器には当然酸素の供給も付随する。しかし当時のマダガスカルには、政府が産院で生まれる未熟児に対して安定して酸素を補給するシステムはできていなかった。酸素ボンベはあるにはあったが、それが空になればいつ補充できるかあてはない。だから保育器は酸素なしで使われていた。それでも生きる子だけが生きた、というほかはない。

日本ではそんなことを社会が許すはずはなかった。五百グラムちょっとしかないような未熟児でも、日本では育って当然、ということになっている。五百グラムの未熟児を標準体重の子と同じ発育段階にしてから家に帰すことなど、当然と考えられている。

しかしそのような日本流の方法で未熟児一人を大きくするには、マダガスカルの貧しい赤ちゃんを数百人生かすことができるほどのお金がかかる。一人の日本の赤ちゃんが、貧しいアフリカの赤ちゃん数百人分の金を独り占めにして生き延びるのだ。しかし日本では誰もその矛盾を指摘しない。人道とはお金も人手もかけるもの、かかるものだ、としているが、それならそのぜいたくな恩恵を少し日本人から取り上げて途上国に回したらどうですか、という論議は出てこない。

しかし私は日本の未熟児が莫大な費用をかけて生き延び、マダガスカルの赤ちゃんは運が悪く体力がなければ死ぬ、という運命に委ねられていることを、それほど深く悼まないのである。私の良心が鈍感なせいでもあろうが、日本には、どんな未熟児でも生かす技術を伸ばす世界的な先端医療を開発する使命が課せられていると信じているからなのである。そして私が考える魂の自由とは、そのどちらの価値観にもとらわれずに、相対する両極の様相にそれぞれに深い意味を見つけることではないか、と思っている。

何か一つだけ

――万能である必要はない。自分は自分なのだから

私は長い人生の中で、いろいろな人からうまく怠ける方法を習った。人間として生きていく以上、最低のお金も要るし、家の中をゴミの山にしておけば喘息にかかるかもしれない。だから、市民として、人からひどく侮蔑もされず、他人をさげすむこともなく、「まあ、ほどほど」で生きるのがいい。お互いにあるがままを認め合って侵し合わずに生きるのがいいのではないか、と考えたのである。

ところが世間には、この基本的なルールを破る人がいる。人だけではなく、いわゆる国家も覇権国家と呼ばれる領土拡大を常に狙う国家が出現し始めている。かつての日本を覇権主義だ、帝国主義だと呼ぶような国が、今では地下資源を狙って、覇権主

義国家の最前線を走っているように見える。

人間でもとにかく自分が主導権を握らないと嫌だという人がいる。そういう人が一人でも同じ職場に勤めていたり、同じマンションに住んでいたり、子供が同じ学校に通っていたりすると、理由もなく標的と決めた特定の人を、とにかく苛めるのである。人を苛めるという性格は、一つの特徴を持っている。強いように見えていて、実は、弱いのである。「自分は自分」という姿勢がとれない。

弱いとは言っても、病弱なのではない。特に容姿が劣っているわけでもない。子供が病気なのでもなく、夫が失業しているのでもない。強いて言うと、当人に、「特徴」がないのである。

人間は誰でも、何か一つ得意なものを持っていれば、大らかな気分になれるものである。女性の場合、他人は知らなくても、簿記とか栄養士とかの資格を持っていたりすると、仲間の裁縫の上手な人に、「あら、いいわねえ。自分でお寝巻が縫えるなんて。私お裁縫てんでダメなの」と穏やかに言える。ホメられた相手は気分がいいからいい関係が生まれる。

人間は何も万能である必要はない。万能な人がいないのは、「一日が二十四時間」という時間の制約がある限り、万能になれるわけがないからである。

私は文章は書けるが、他のことはほとんどうまくない。走ること、重い荷物を持つこと、最近ではコンピューターなどのＩＴの先端技術を使いこなすこと、すべて子供にも劣っている。しかし表現力という力は、考えてみるとかなり大きくて強い武器である。私は偏屈なところがあってあまり人中に出て行かないけれど、多分その気になれば外交にも経済にも役に立つ技術である。

私個人としては、料理ができることが最大の特徴だと思っている。残り物の材料だけで、できるだけ手抜きをして――ニンジンを花形にくりぬくなどということは一生に一度もしたことがない――材料は少しも捨てずに、素早く作る。野生の動物はライオンでも熊でも、自分で食料を調達しなければならない。それをしないで楽々と人間に餌をもらえる家畜は、人間に食べられてしまう運命にある。だから自分で餌を調達する、という能力は動物の基本である。

最近は、料理を全くしなくても生きていけるようになった。インスタント食品の多さ、おかず売場の繁盛、お弁当配達業の普及がそれを表している。しかし、万が一災害が起こり電気もガスも流通機構もすべて動かなくなったら、人間は手持ちの材料を使って薪で炊事をするほかなくなる。そういう時、ご飯もどうして炊いたらいいのかわからず、野菜の煮方も知らないという人の心底には、基本的な不安があって当然であろう。

つまり基本的な自信喪失である。この自信のなさは、普段は見えない。誰もその家の日常生活を覗いたことがないからである。しかし人間の意識下に影響を与えると思う。

私は五十歳を少し過ぎてから、ラリーではなくてサハラを縦断し、それから途上国に度々入って日本にはない暮らしに馴れた。

水道も電気もない日常。不潔と病気。けちなコソ泥棒やカラシニコフ一挺くらいは持っている強盗予備軍のいる土地。よく落ちるという評判の航空路線と、時速十五キロしか出せない悪路。汚職と賄賂。その間に光る人情と家族の優しさ。人間生活の最低線を知って、私は自分に多くのことを望まなくなった。それは私が年を取ったからなのだが、若い頃からその傾向はあった。心身共に自分で生きていけることを目的とし、何か一つだけ人よりできるものがあれば、それによって社会に参加できるから、それが穏やかな生活、つまり「和」のもとだと考えていた。

国際社会で生きる条件も同じだ。自国を守って生命財産の平安を脅かされないこと。食料、水、電気その他を自給自足できること。そして、国際社会であの国は優れていると言われる特徴を最低一つ以上持つこと。それが世界の中で安全に生きる術というものだろうと思っている。

消失の時代
――格差のない社会などどこにもない

多くの日本人は、最近の自国の姿に対して「世も末だ」と感じて暮らしている面がある。人間希望だけではバカになるから、絶望は人間の精神にとって必要な要素だとは思うが、日本人が内向的になり、利己主義になり卑小になって、自分が損をせず、自分と家族がとにかく無事に暮らせればそれでいいと思う人が増えているという印象は私にも強い。

私の子供の頃、「島国根性」といえば、悪い意味であった。物知らずで、自分一人がいいと思っている独善性を表していた。今の日本人は、まさに「島国根性」丸出しになった。私たちの若い頃、世界は一体どうなっているのだろう、と考えて、外国に出たくてたまらなかったものだ。その姿勢は長い間、外国と比較して自国を考えなければ不安になる、というおどおどした姿勢となって残ったが、当時日本は貧しくて、外国を見たいという希望はなかなか叶えられなかった。何しろ長い間一ドルが三百六十円という円安だったので、外国になど行けなかったのである。

それが今ではそうではない。若者の多くは日本の外へは出たくない。外国は犯罪が多く、不潔で病気の恐れもあり、言葉も通じず、食事も口に合わないからだ、という。若いのに、年寄りみたいな保守的な心理状態だ。

そしてほとんど外国を知らずに、外国人も多分、日本人と同じように考え、行動するだろう、と決めて物事を考えている。まさに「井の中の蛙」である。

私は最近の日本を「消失の時代」に突入したと思っている。昔は何気なく、それゆえに素朴に健全に所持していた日本人の特性を、あちこちで失ってしまった。しかしその恐ろしさに気がつかないでいるのが現状だ。

まず日本は世界一の安定した国民生活を享受している。多少の願わしくない変化はあっても、経済的安定、餓死者のでない生活の保証、電気・ガス・水道の安定供給、優秀な警察による犯罪の少なさ、正確で安全で清潔な公共の交通機関、義務教育の徹底などを享受しているが、それを当然と感じて感謝もない。してもらって当たり前。少しでも自分が苦労することは政治の貧困として告発しようという甘えの心理は蔓延した。自分の得ている幸運の自覚の消失した時代に入っている。

昔は誰でも、職人として数年間の長い徒弟期間を経て一つの職業に専念し、その道のプロになって一生を終わったものだった。

動機は何にせよ、プロとなればどんな時代にも生きられる。そういう人が最近はほんとうに少なくなったのは、辛い徒弟期間に耐える人がいなくなったからだという。辛抱する力の消失というか、日本の誇るべき職人が消失した時代を迎えたのだ。

私は自分が今までに半世紀以上、四百字詰め原稿用紙で少なく見積もって十五万枚、六千万字を書いた、とこのごろ言うことにした。六千万字書けば、私ていどの文章は、誰でも書けるようになるだろう、と思うからだ。文学は同じものを書いているわけではないから、思想も感性も常に新しいものが要るのだが、とにかく書くという行為に関して、私は一人の職人として働いたのだ。

格差はいけない、それは人道に反する、という。しかし格差のない社会などどこにあるだろう。生まれつき健康な人と病弱な人とは、どうしても運命的に分かれる。生来、明るい性格と暗い人とは必ずいる。しかし私の見るところ、病弱な人は昔は病気から学び、思索的な人間になった。病気がその人を育てたのだ。暗い人は処世術で損をするように見えるが、しかし世の中には表に出ない方がいい仕事をすることもある。作家もその一つだ。しかし今は願わしくない生活の中からも学ぶという姿勢を学校も親も教えない。

美女に生まれる人は一万人、いや百万人に一人の確率だろう。そして皮肉なことに、美女に生まれれば、当初は日の当たる人生を歩くが、最期まで幸せという保証はどこにもない。しかし戦後教育は、絶対にあり得ない平等を要求し、それがあたかも実現できるかのような錯覚を子供に与え、各々の人が自分の立っている地点、自分に与えられた資質を生かすことを指導しなかった。

平等というものは、目指すものではあるが、ＤＮＡが一人一人違うということが、平等はあり得ないことを示している。教育が平気で嘘を教えたのだ。

その結果、不運を抱える人に対して国家が助けるのも当然だが、大切なのは、個人の心の優しさだという点は忘れている。個人は、心からの同情、慈悲、現実に恵むことなどができて、初めて人間になる。しかし今の人たちは、「困った人は、国家に助けてもらったらいいいんじゃないの?」と組織による救済を当てにする。慈悲の心の消失した、殺伐たる時代になったのである。

国家が不運な人を救う政策を取ることはもちろん必要だ。格差はない方がいいし、格差をなくすように社会が動くことには私も賛成だが、格差があるからこそ、働く意欲を持つ場合もある。金持ちの生活を見れば、今は貧乏でも、いつか自分もああなりたいから努力しようというのは、もっとも凡庸な奮起の形である。社会主義というものは、徹底して皆が同じ程度の生活を保証するようにもくろんだから、誰も多くは働こうとしなくなった。むしろどうしたら怠けて過ごせるか、ということにだけ、頭を働かせるようになったのだ。

こんなからくり一つ、東京大学法学部を出なくても、朝日新聞を読まなくてもすぐわかることなのに、東京大学法学部を出て朝日新聞を読んでいる秀才の中にも、長い年月頑固にわからなかった人もいたのだ。これはひとえに、現実正視の能力が指導者にさえ消失した証拠である。

格差解消が世界の主流になったから、芸術はどんどん衰えている。もはやレオナルド・ダ・ヴィンチのような芸術家が現れる可能性は皆無に近い。強大な富の格差のみが可能にするパトロネージを行える富豪が消えたからだ。

善か悪か、どちらかだと考える幼い考えが戦後の日本に定着した。物事の両面性を見られる大人の日本人が消失してしまったのだ。

過去には、金持ちがぜいたくな暮らしをしたから、日本の陶器の技術も漆芸も、世界的なレベルに達し、それが国富に貢献してきた。現在日本の陶器産業は壊滅状態だという。金持ちがいず、中産階級はお皿を買わない。おかず売り場で買ってきた食物を、プラスチック容器のままテーブルに出して洗わずに捨てる。それが恥ではなくなったのである。人を招待して食事をするという習慣もなくなると、きれいな陶器も要らなくなった。その結果、こうした地場産業でありながら、世界的な工芸技術にまで達した独自の陶器製造業も、危機に瀕している。

二〇〇八年度の文化庁の調査結果によると、各国の国家予算の中での文化予算の比率は、フランスが〇・八六パーセント、韓国は〇・七九パーセントである。しかし日本は韓国の七分の一のたった〇・一二パーセントという貧しさだ。パトロンの役を果たす金持ちもいず、文化予算も削って、民主党政権は、日本という国をどれほど貧しくするつもりなのだろう。私は文化という言葉が好きではないので、芸術消失の時代の到来を手を拱《こまね》いて見ていると言おう。

しかしすべての意識の背後にある最大に危険な現象は、人間は本来性悪《しょうわる》なるものだ、という苦い自覚の消失である。最近の多くの日本人、ことに進歩的人権派と自分を見られたい人たちは、自分が善人であることの証明に狂奔している。平和は必ず大きな犠牲を伴い、しかも現世ではなかなか実現しないほどの稀有なものなのだ。しかし外敵は入って来ず、餓死しないだけの生活の基本は守られている日本では、容易に善人ぶることが可能になっている。自分はいささかの悪人だという意識の消失こそ、日本人の魂を堕落させるのである。

吠え立てる個性
——幸福に必要なのは、持続力といささかの勇気

先日の新聞に、日本編物文化協会理事の広瀬光治さんのインタビュー記事が載っていた。

広瀬さんは子供の時から手仕事が好きだった。家でそれを止められなかったのも幸福だった。才能があっても失敗はうんとした。幸い編み物なら、ほどいてやり直せば済む。ここのところがすごい。編み物は女の仕事だ、などと言うのは、全く頭が固いからなのだ、と私も思う。要は人間は、自分の得意で好きなことをするのが成功と幸福に繋がる。これは単純な原理だ。

まず自分の得意なものを発見すること。

次にそれを一生かかってし続けること。

この二つの行程に必要なのは、持続力といささかの勇気だけである。いささかの、と付け加えたのは、別に敵の陣営に忍び込むほどの、命をかけた勇気でなくて済むからだ。ただ人に少し嫌味を言われたり侮蔑を受けたり、金銭的な不遇時代を耐え忍ぶだけだ。しかしそれも好きなことをしているのだからそんなに辛いわけがない。

先日、或る新聞記者に会った。

私は政治的な有名人に興味がないのだが、この人は新聞記者しか体験できない興味ある話をしてくれた。彼は生身のクリントンとエリツィンの二人の大統領が並んでいるところを見たのだと言う。

「どうでした？　どちらが強く印象に残りました？」

と私は野次馬的質問をした。

「エリツィンでした。クリントンはエリツィンに比べたら影が薄かったです」

エリツィンという人は、まさにめちゃくちゃな人物だ。今でもロシア皇帝タイプである。理由も何もない。皇帝が跡継ぎを次々と取り替えるのと同じ発想である。

私が素人的質問をしたのは、「比べる」のも、簡単で正確な見分け方だからだ。単独ではわからない陶器でも、二つ並べればどちらがいいものかすぐわかる。人間も一人ひとり見ていたら判断がむずかしいが、二人に同じ仕事をさせれば、どちらが有能か一日でわかる。

もっともクリントンはエリツィンよりはるかに若い。それは少し気の毒だ。年を取ると、普通の人でも少し利口になれるのだから、この法則は大統領たちにも当てはまるだろう。

なぜあのでたらめなエリツィンが政治家として分厚く見えたかというと、彼は善悪は別として個性が強いからだろう。人が自分をどう思うか、などということは全く気にしない。自分はこういう人間だ、自分はこう考える、ということだけを吠え立てる。エリツィンに日本の政界にいられたらたまったものではないが、この強力な個性の発揮の仕方だけは、日本人も学ぶに値するだろう。

船で暮らす人

——独創的な老後の生き方

日本の新聞には紹介されないおもしろい話が、よく英字新聞の片隅に載っている。ビアトリス・ムラー夫人は八十二歳。クイーン・エリザベス二世号にずっと住むことに決めた。その方がロンドンに住むよりも安く上がる。彼女は一カ月に六十一万六千三百二十円を船会社に払うが、それで生活の一切の心配がなくなった。昔から彼女は夫と共に、五大陸の旅を楽しんだ。二年前に夫が死んだ後、彼女は船を自分の家にすることに決めてしまった。

彼女は船に住み慣れ、船で暮らすのが好きだった。もう食料品を買いに行くこともいらない。車も不要。ガスや電話料の支払いのことを考える必要もなくなった。考えてみればその通りである。船に乗っていれば、家政婦を頼むことも、家の修理を考えることも、鉢植えに水をやる心配もいらない。

夫人の今の一番の悩みは、毎日おいしいお料理が出るのに、あまり食べられないことだ、と言う。ロンドンの老人ホームに住めば、一カ月の経費は三十八万九千八百八十円くらいはかかり、今の暮らしの半分もよくはない、というのが彼女の意見である。ムラー夫人は、毎日をブリッジやダンスで過ごす。何もせずにプールの傍に座っていることもある。彼女は航海医療保険に入っているし、部屋は四番目のデッキの一人部屋だ。船は週に四、五回は必ずどこかの港に寄港するから、その都度船を降りて見物に出かける。

今はEメールが使えるから、彼女は少しも寂しくない。いつでも息子たちと連絡を取り合っている。二人の息子たちは、代わり番こに、母とクリスマスを過ごすために船に乗ってくる。

夢のような話だが、それほどに幸福ではないかもしれない。人は時には貧乏な方が救われる。お金のある無聊は人間を苦しめる最悪の状態だ。貧しい人たちは、今夜食べるものがあるというだけで、輝くような生の実感を手にするが、ムラー夫人は自分の存在がこの世で必要とは感じられないかもしれない。

　しかしこれからの老人たちは、自分で独創的な老後の生き方を考えるべきだろう。私たち夫婦は、私の方が田舎の生活を好んでいるが、夫は正反対に町中で電車の音が聞こえ、常に軽薄に流行を追った「おねえちゃん」たちがその辺をのし歩いている姿が眺められ、芝居でも展覧会でも見られる都会がいい、と言い張っている。

　一時期、豪華客船などもう流行らないだろう、と言われた時代があった。しかし今また客船の出番が来たのは、金持ちの顧客がついたからである。むだ遣いは往々にして世界の経済に寄与するのである。

母の誇り

——人生のおもしろさは、払った犠牲や危険と比例する

二〇〇二年三月十二日に、女性だけ三人の英国人チームが、ガイドなしで徒歩で北極圏に到達するために、カナダのワード・ハント島を出発した。ここは、カナダでもっとも北のイヌイットの土地だという。

彼女たちは、体重の倍の重さの橇《そり》を引いて、六十日かかる旅に出たのである。隊員の一人、アン・ダニエルスは「すばらしい自分への挑戦です。それと子供たちが、誇りに思えるようなことをしたいんです」と語った。彼女は三十七歳。元銀行の管理職だった。そして三つ子の娘たちを持つシングル・マザーである。

五十歳のポム・オリバーはビルの改修事業で働いており、三十五歳のカロライン・

ハミルトンは、映画産業で働いている。

いずれも十代や二十代ではない。人生をよく知った年頃で、彼女たちは敢えてこうしたチャレンジを選んだのである。つまり出世や、お洒落や、恋愛や、普通の旅行より、もっと生きる実感を得ることのできる世界があることを確認しに行ったのである。

三つ子の娘たちは一体何歳なのだろう。もし彼女たちが学齢に達していたら、「ママ、そんなところへ行かないで」と言いそうだ。日本人の母なら、当然のように冒険はしないのである。たった一人の親に万が一のことがあれば、娘たちは不幸な育ち方をしなければならないからだ。

もし三つ子の娘たちがもっと幼ければ、誰が一体彼女たちの面倒を見ることに責任を負うのだろう。母が銀行で働いているなら、託された人は子供が熱を出せば「早く帰ってきてください」と伝えることもできる。しかし北極圏を目指している旅では、たとえ病気や遭難を知らされても、すぐ連れ戻すことはできない。そこには親と子の双方で、予想される危険を冒しても、なお人生の夢を果たしたいという選択が明瞭である。

こういう人物と比べると、日本人は実に用心深く、思い切ったことをしない。私は時々、日本の女性たちが、男女同権にならないのは当然だと思うことがある。多くの女性が、私が少し辺鄙な土地へ行く旅に誘うとすぐ、「そんなとこ、怖いわ」と言うのである。

もっとも男にもほとんど勇気のない人はざらにいて、暑いから（寒いから）、汚いから、病気が蔓延しているから、政治情勢が危ないから、遠いから、酒が飲めないから、食べ物が口に合わないから、医療設備が悪いから、などあらゆる理由で、安全な日本にだけいたがる人が多い。

私の実感によると、人生のおもしろさは、そのために払った犠牲や危険と、かなり正確に比例している。冒険しないでおもしろい人生はない、と言ってもいい。

第三章

他者への対処法

人間は皆が「欠け茶碗」。
対立しつつ、歩み寄ることで、
人生が豊かになる。

正義の観念
——人間は皆が「欠け茶碗」だと知る

最近、事業仕分けということが世間の人気を集めている。政府の支出からむだを省こうということだ。

この基本概念には誰も反対しないだろう。私の体験を通した実感によれば、政治家や役人は、億、兆という単位のお金を扱っているうちに、次第に感覚が麻痺して、一億円などというお金はまるで千円札と同じだと思うようになるらしい。政府の高官だった人には、日常的な金銭感覚がないことに何度も驚かされたことがある。

その点女性は、生活者としてまともなお金に対する感覚を残している場合が多い。私のようにほとんどすべての食材を自分で買いに行っていると、大根一本の値段が百円を切るか切らないかも知っているから、人のであろうと、荒っぽいお金の使い方などできなくなるのである。

男性が政治の方向を決める場合が多い社会では、だから冗費《じょうひ》を省くという作業が必要になってくる。第一、役人はすべてできるだけ大きい額の予算を要求し、それを使い切るのが仕事で、何かを安く効果的に使おうなどという機能はその中に含まれていない。

どの組織も会社も、内部仕分けをするのは当然だ。しかしそれは、組織や会社の成り立ちのすべてを知っている人たちが自らすればいいことであって、外側からの監査で粗探しをされて修正すべきことでは本来ないはずである。

この事業が必要かどうかを決めるというのは、実は想像以上にむずかしいことだ。もちろん営利会社であれば、判断の最初の基準は、それで利潤が出ているかどうかということだ。営利会社なら、儲けなければならないのである。赤字でも存在意義があるなどということはない。

赤字の場合は赤字の要素をなくしていくのが大きな課題である。営利を目的としない財団などの組織でも、それなりの眼に見える効果が長年確認できない時は、その存在自体を取り消されても仕方がない場合もある。

ここのところ、素人の私にもおもしろいのは、農道の整備廃止、八ッ場《やんば》ダム建設中止、などをどう考えるか、という問題だ。

農道については、私自身もうずっと前からおかしいと思っていた点はある。

私は四十年前から、神奈川県の海の傍の土地に週末を過ごす家を建ててそこで執筆もしているわけだが、そこは農地の只中《ただなか》である。私が最初にびっくりしたのは、農道と思われる道がすべて舗装されていることだった。

農道と一般道路との目的の区別が、現在はっきりしないので、中央で廃止が決まった農道でも地方自治体の解釈によって、自治体のお金で工事が続いているものが多いのだという。そうだろう。農道であれ、何道であれ、道というものはどこかに続いてこそ、道の機能を有するのだから、仕分けの結果で道路整備を途中で止めることは必ずしも賢いことではないのである。作りかけたものだけは、多分それまでにかかった費用のことも考えて、繋がるまで完成すべきなのだ。

私が農道の整備に関して疑問を持ったのは、そういうことではない。農道がすべて舗装されることに対してであった。農業用道路まで舗装する必要はないだろうに、まるで都会の住宅地のように舗装をしたのである。

農道は昔は土の道であった。だから農家の人たちは、大根やキャベツを収穫して、朽葉《くちば》があれば、それをその場で切り落として、土の農道に捨てた。こうした行為は、何の問題も起こさなかった。大根やキャベツの葉っぱはすぐに腐って、土の道にきれいに吸収されたからだった。

しかし舗装された農道でも、農家の人たちは以前と同じやり方をした。その場で舗装道路の路面に捨てられた葉っぱは腐って嫌なにおいを立て、薄汚く滑り易い状態になった。道の形態が全く違ってきたなら、扱いも変えなくてはならないのに、人々はそれができなかったのである。

舗装しない昔の農道は、それを使う人たちの生活を反映して健全なものであった。しかし都会の道が舗装されているから、うちの村の道も舗装すべきだというおかしな平等の考え方の結果としか思えないものが、農道をおかしくしたのである。農家の自家用車か耕運機しかほとんど通らない道と、乗用車が百パーセントに近い都会の道とは、明らかに違う作り方をして当然なのだ。

ダムの廃止もマニフェストにあるから、即刻建設中止だ、という政治的判断ほど、政治家の未熟さを見せつけるものはない。なくても済むと、或る時期に、一部の人が思うダムの建設計画は、今後も出てくるかもしれない。その場合方策はたった一つだ。現在作りかけたものは、これに限り完成させ、次のものからは厳密に着手しないのが、人間の知恵というものだろう。ダムの目的がゼロということはない。今でも始終前代未聞の集中豪雨が記録されるような時には、ダムは必ず調整池としての役目を果たす。「かつてなかったほどの災害」というものは常にあるので、それに備えるのが、政治の力だからである。

事業仕分けには、次の段階の配慮が要る。つまりどんなにそれが不必要なものでも、即座に予算を切って中止することだけは、避けた方がいいということだ。

どの組織にも、そこで働いている人たちがいる。即刻廃止したら、その人たちの家族は路頭に迷う場合もある。それはいけない。どんな人にも、運命の変化に対処する時間、立ち直る時間をできたら与えるべきだ。少なくとも三年くらいの時間の余裕を持って、相手に閉鎖を通告すれば、そこで穏やかな解決の方法が見つかることもある。私は実は誰の人生も欠け茶碗だと思っている。健康、能力、性格など、問題を持たない人はいないのだ。

昔から欠け茶碗の一個や二個は、必ず庶民の台所にあるものだった。よく見ると、大きな罅《ひび》が入っていたりするが、長年使っているので、ご飯の糊で補強されているのか、辛うじて割れないでいる茶碗である。

とにかく長年見馴れた懐かしい品だし、今日まで保ってきたのだから、今すぐに捨てなくてもいいだろう。ただ欠け茶碗は決して荒々しく扱えない。ていねいに扱えば、何とか命長らえることもある代物である。

人も品物も同じだ。使い方を知れば、最後まで生きる。ささやかながら任務も果たす。この手の配慮ができる能力を、人間の「うまみ」と言うのである。うまみのある柔らかな人間になることが私の終《つい》の目的なのだが、それこそ至難の業でもある。

うまみは、観測用の計器で測ることも教えることもできない。それは、人間が自由にできそうに見える可能性の多くの部分をも、神か仏かが直接統《す》べられる領域として、お返しする謙虚な気持ちがないと生じないものだからだ。

相手の心は全部わかる、と思う時にもうまみは出ない。相手にとってこれはいいことだという信念を無理やりに行使しても、うまみは逃げていく。自分は正義の人だ、と感じる時にもうまみは薄れる。

私は実に遅まきながら三十代から新約聖書の勉強を始めたのだが、途中でいくつか眼が覚めるほどの発見をした。その一つが「正義などというものは、実は胡乱《うろん》なものである」ということだった。

現代は正義がもてはやされる時代だ。誰もが自分は正義の人だということを、自らも信じ、他人にも知らせたくてたまらない。しかし現代の人の言う正義などという観念は、実に薄汚いものだ、と外国では言っている学者がいる。

聖書における正義の観念とは何か。それは少数民族が平等に遇せられることでもない。裁判で冤罪が放置されるのを防ぐということでもない。正義は、人知れず、人間が神の「道具」として、神の意志のために働ける関係を言うのである。その神と人間との「折り目正しい関係」だけが正義である。したがって正義は人間社会の中で、他者の眼を意識した水平感覚で見えてくるものではない。それは神と人との間だけに存在する、垂直的な関係なのである。

だから、世間があの人のすることはすばらしいと言っても、実は神の眼からは、全くの売名行為ということもある。つまりその人の正義が現世での自己主張や名誉を目指している時である。反対に、あの人のしたことは、社会の悪だと糾弾されても、実は神の前にはそれこそが忠誠の証であることもある。

だから正義を、人に見せびらかすような形で云々することも、むしろ浅ましい行為だ、という羞恥も私は習ったのである。

こうして考えてみると、事業仕分けなどというものは、人間の謙虚なうまみなしには、とうてい効果を発揮しないものなのだろう。

世も末
——人を非難する時に使う便利な言葉

「世も末だ」という表現がある。これは別に、深刻な終末思想から出たものではないだろう。自分がまっとうだと思っている人が、そうでない人を非難する時に使う便利な言葉だ。

ひと頃、電車の中で化粧する女性がたくさんいて、「世も末だ」と言った人もいた。実は化けているのに、素顔でもこんな美人なのだと思わせるための策略だったはずだ。衆人環視の中で、ブスから美人に変身する過程を見せてはだめだ。

隣り合って窓が開いている場合、わざわざ下着だけこちら向きの窓に干す老女がいるという。気味が悪いというべきか、無教養をさらけ出しているというべきか、誰にもその心理はわからない。

或る時、隣家の女性に「お宅、大根ありますか?」と聞かれた人がいた。ちょうど買ったばかりの時だったので、思わず「ええ、ありますけど」と答えると、「大根ちょっと貸してください」と言われたという。大根はおろしにして使っても、必ず短くなって返ってくるものだ。何センチ減らしました、という言い方が簡単にできるものではない。

或る人が玄関のベルが鳴ったので出てみると、隣家の中年の奥さんに「お宅に箒と塵取りあります? ちょっと貸してくださらない?」と言われたという。秋の強風の後であった。

「塵取りと箒も買えないほどお金のない人なの?」

と私が聞いてみると、

「そんなことないわよ。最近風のプレハブの、ちゃんとした家を建てた人ですもの」

ローンは残っているとしても、一応門がある家だ。門があれば門前もあるだろう。一体今までゴミはどうしていたのだろう。箒が壊れたなら、ごく自然な言い訳として、

「後で買いに行くつもりですけど、とにかくこの落ち葉が気になりますので」くらいは言うのが普通だ。

私は先日、美容院でパーマネントをかけてもらった。若い新人の美容師が、私の髪から一本のロッドを外してかかり具合を見た後で、「もうしばらくおきます」と言うので、私がそのまま椅子に座っていると、「どうぞシャンプー台にいらしてください。お流しします」と抑揚のない調子で言う。シャンプー用の椅子に座ると、彼女はすぐにロッドを外して私の髪を洗い始めた。

私はもう少し楽に日本語の通じる日本にいたい。決して「世も末」と言うわけではないけれど……。

見合いには引っ越しの手伝いがいい

――結婚によって、深く人間を学ぶ

今まで赤の他人だった男女が結婚して夫婦になる。こんな人間関係が社会の常識としていつ頃に完成し一応安定したものか、私はよく知らない。昔は決して一夫一婦ではなかったし、現在は外国語では、夫とか妻とかいう言葉をあまり使わなくなった。パートナーというのが一般的であるらしい。つまり婚姻届けなどしてあっても、していなくても、問題ではなくて、今日ただ今生活を共にしている男女なのだ、ということだろう。

私は呼び方などというものは、多くの場合まあどうでもいいと思うのだが、一人ずつの男女が一緒に暮らすことを世間に認識させた上で共同生活をするということは、実によくできた制度だという気がしている。

というか、人間関係については、人間はそれほど斬新的に変わることはできないのである。好きになると、相手にとって自分一人が愛の対象になることを望み、そこに「割り込む奴」がいると嫉妬し腹を立てる。もちろん関係の変形は無限にある。好きだと言いながら妻の経済力を利用している夫もいるし、夫が異性関係にだらしがなくて、いつも女性問題を繰り返しているような夫婦の妻の中には、いつのまにか夫に対して母のような眼差しを持つようになる人もたまにはいるのである。しかし結婚して夫婦となるというしがらみは、通常異性を知るためには、まことによくできた人間関係であり、制度だと私は思う。

世間には優しいお父さんを持つ幸運な家庭がある。お父さんは家で荒い言葉など決して口にしない。いつも機嫌よく、妻子の毎日の幸福をすべてに優先している。そういう父親を、私は若い時に何人か知っていた。するとこうした父親の娘として育った女性は、皮肉なことだが、結婚に失敗することが多いのである。

娘が夫として選ぶ男に対する眼がなかったのではない。そうした家庭の娘たちの多くは、私から見ると賢い女性たちだ。しかし賢さにも人生の落とし穴はあるのである。つまり彼女たちはあまりにも抵抗なく育ったので、世の中の裏を知ろうなどという意識を持たず、すべての世間の男たちは父親のように穏やかな家庭生活を率いていくものだと信じ切って、内実はもっと未熟で自分勝手な男を選んでしまうのである。

多かれ少なかれ、人間の性格には隠された部分がある。意図的に隠しているわけではないにしても、簡単には表に出ない部分がある。それはデートの段階ではわからない。毎日生活を共にするか、何か非常事態にならなければ表にあらわれてこないものだ、ということは多いのである。

昔私の知人に賢い人がいて、見合いをするなら、大学の先生や勤め先の上司の引っ越しの手伝いに行くのがいい、と言ったことがある。それはまさに至言であった。

それまでのやや古くさい見合いというのは、伯母さんや知人の家で、羊羹《ようかん》やシュークリームのお皿を前にして、初対面の男女がぎこちなく話し合うというものだった。だからシュークリームなど出されると食べにくくて困る、などという話が本気で女性雑誌に載ったりしたのである。上品に食べようとすれば、中のクリームをだらりと落とす。かぶりつけば頬っぺたについてはしたなく見える、などというようなことが、本気で心配の種だったらしい。私だったらどちらも少しも困らない、と思う。そんなくだらないことで相手にマイナスの点をつけるような男は、どうせ大した目利きではないように思えたからである。

そういう場合の話題といえば、男の方から「映画はどんなのがお好きですか」などと聞くだけだ。それに対して「邦画なら何でも」などと答えられれば、それでもう会話は続かない。

その点、引っ越しの手伝いはすばらしいアイディアであった。黙っていても相手の性格がよくわかる。力があるかないか、見えないところで手を抜くか誠実に働くか、命令をするのが好きな性格かそれとも命令されないと何をしたらいいのかわからない性格か、何でもわかる。どうせ中途でお茶も出るだろうから、その時、気が利くか、大食いか、周囲に気を配る優しい性格かどうかもわかる。引っ越しがいいのは、周囲に比べられる人がたくさんいるからである。

引っ越しはその日一日だが、結婚は、一生になるか、短期になるかは別として、長い期間同居をするところに意味があるのだ。もっとも私の恩師でもあるカトリックの神父は陽性な方で「ボクは葬式の司会をするのは好きだね。葬式は安定しているから。結婚はその点、すぐ翌日に別れたいなんて言ってくるのもあるから、安心できないんだ」と率直だった。

よく人間、短期間なら何でもできる、という。見合いもその一つだが、一、二時間の間なら、ねこをかぶっていることも不可能ではない。自分の家に実母を引き取って暮らすのは大変だが、他人の親なら優しい言葉をかけられる、とよく言うのは、他人の場合なら、お見舞いに行って会っている時間だけ優しくすればいいからである。

私は昔日本財団というところに勤めていたのだが、その時、財団の若い職員としばしば調査のために外国に行っていた。そういう場合、新聞記者も望めば同行することもあった。非常に人間的にいい人と、およそその非常識ぶりが信じられないような威張って無礼な記者がいるのも、大新聞社であった。彼らは、朝の挨拶もしない。帰る時お互いに「お世話になりました」の一言も言えない。財団に現地の旅費まで出させておいて、首都で政治上の変化があると、夜のうちにさっさと一言の挨拶もなく「消えた」支局長さえいた。

私は財団の若い職員に、どんなに新聞記者が無礼でも、決して怒らず、毎朝性懲りもなくこちらから「おはようございます」と言うことを頼んだ。私自身もその原則を守った。どんな相手にも下手《したて》に出る理由を、私は「〇日間だけで、一生付き合う相手じゃないですからね」と説明していた。

この点が、付き合いと結婚の違うところである。ほんの数日で解消するお付き合いではなく、ずっと長く、もしかすると死ぬまで続く関係だからこそ結婚には深い意味があるのだ。私はあまり好きではないけれど、結納だ、花嫁支度だ、披露宴だ、とお金もかけてそれ相応に社会的な行事をするのも、その事実をできるだけ世間に広く知らせて、今後の二人の生きる道を明確にしてやる意味があるのかもしれない。

男女の性格にはさまざまなものがある。食事の時でも必要なことしか言わない人と、考える前に壊れた水道が漏れるようにとりあえず喋っている人とがいる。どちらがいいのか。いわゆる一見むだに見える会話というものを一切しない人は、賢いように見えるが、夫婦の暮らしで、それが評価されるのかどうか。私は家庭で全く寡黙な夫は嫌なのだが、それも夫婦の相性による。妻も共に無口だと、それはそれなりに釣り合いが取れているのかもしれない。しかし私のように自分もその日にあったことを話し、相手からも聞きたいと思う性格だと、それはかなり大きな不満になるだろう、と思う。しかし無口は悪ではないということもほんとうなのだ。

世間には、権力欲の強い人もいる。何でもいいから有名人と付き合いたがり、数十年前に知事からもらったちょっとした礼状や、宮さまとご一緒に写った植樹記念の写真などをどこに行くにも持ち歩く趣味の人もいる。

実は有名人と知り合いだということは、何の資格でも保証でもない。宮さまや県知事は、公的な場では誰とでも分け隔てなく多くの人と交わるのが任務なのだ。だからそういう事実を特別に光栄なこととしてありがたがる人と、私は同じ思いで暮らしてはいないが、こういう権威主義も悪ではないのである。

叙勲《じょくん》というものは誰でもが受けられるという名誉ではないし、私が深く尊敬するのは、どんな道にせよ、その人が長年一筋に歩き続け、その結果として社会に尽くしたというその事実なのだ。そのことは、叙勲されてもされなくても、神仏もご存じのことして輝いている。しかし中には叙勲されるために中央官庁の知人に働きかけて別に恥ずかしく思わない人もいるのだ、というのである。こうした権力志向も、私は好きではないが、悪ではないことも確かである。

結婚生活は、日本人のあまり馴れない契約というものの存在を思わせる。一神教の世界では、神と契約したことを守るのは重大な人間の条件だった。結婚はまさにこれに当たる。およそ人間性のあらゆる部分が長期に続く同居生活の中で露《あらわ》になる。それゆえに、多くの結婚が期待はずれに終わるのだが、いずれにせよ、私たちの多くは結婚によって、覚悟の上で、深く人間を学ぶ機会を得るのである。

心の裏表

——「皆が願えば必ず平和になる」などという甘さ

「和」という言葉は、単純な和語だけに、解釈がむずかしそうである。

私はカトリックの学校に育ち、中年からやっと聖書を本格的に勉強した。その結果、それまで全く考えもしなかった平和の概念の解釈のむずかしさも遅ればせに知ることになった。

多くの日本人は（というより私は）、平和というものを隣家の塀際でたくさん実をつけている柿の木のように思っている。つまり確かにそこにあるように見え、簡単にいつでも気軽に採れる（手に入れられる）ような気がしている点では、私たちが簡単に口にする「平和」とよく似ている。しかし私のような気の小さな者にとっては、隣家の柿の実を頂戴するのは心理的にむずかしいことなのだ。この枝なら確かにうちの敷地内に入っているように見えるが、前のうちの奥さんが見たら、私はお隣の柿を盗んでいるように見えるだろうな、などとよけいなことを考えるのである。

しかし聖書の世界、中近東のセム人の部族社会では、平和とは、もっと差し迫って厳しいものであった。平和などという麗しいものは普通、身辺に全く見当たらない概念だからである。オアシスは、その水場の利権を持つ部族の遊牧民たちが所有する羊をやっと養うだけのぎりぎりの量しかない場合が多いから、それを他部族がこっそり自分の羊に飲ませようとしたり、自分が飲もうとしたりするだけで、射殺されても仕方がないことになっている。

聖書に出てくる「平和」という言葉にはヘブライ語「シャローム」が当てられている場合が多い。現代のイスラエル人の「こんにちは」に当たる挨拶も「シャローム」である。

この「シャローム」の本来の意味は、「欠けたことのない状態」だという。現実的に言えば、人間の暮らしには必ず苦労が伴う。病気、死別、経済的不安、地域抗争に巻き込まれることは常に考えられる。そのような欠けたことのない人などまずいないだろう。だから「シャローム」という言葉に含められた意味は「この世にあり得ないすばらしいもの」なのである。それを「あなたに贈ります」とイスラエルの人たちは言うわけだ。その言葉の背後には、「平和」「平安」というものに対する烈しい、そしてもしかしたら永遠に叶えられないかもしれないという悲しい希求がこめられている。日本人のように、「皆が願えば必ず平和になる」などという甘さはどこにもない。日本人は、水も電気も、緑も海も、与えられているから、こういう「たわごと」を言う。

和ほど、人間の厳しい意志の結果でしか手にできないものはない。悪い表現になるが「ぶっ殺してやりたい」ような思いに駆られる時、辛うじて思い留まる意志力、忍耐力、人生に対する総合的な判断力がなければ和など到達できるものではないのである。

日本人は子供も大人も、裏表のない人がいい、と言う。息子がまだ幼い時、私は比較的厳しく敬語と謙譲語を教えた。先生のことは、うちで噂する時も、「○○先生はお風邪を引いてお休みになってたんだけど、今日から出ていらしたようよ」と敬語を使っていた。私は子供が先生に、「お母さんがこう言いました」と言うのも許さなかった。「『母がこう申しました』と言いなさい」と小学校一年生の時から命じたのである。

すると或る年担任の先生から「お宅の子供さんには裏表がある」と注意された。どんな裏表だろうと思って聞くと、敬語と謙譲語を使うから、先生と友達に言う言葉が違っているからだ、という。もうその頃から、先生自身が敬語も謙譲語も使えなくなっていたのである。私は子供に先生から何と言われても、この程度の日本語を使いこなせる人間にならなければならない、と言った。

大人になるということは、せめて裏表くらい作れるということだ。大人になっても態度に、正当な理由のある裏表もないような人間は、成熟していないのである。「ぶっ殺してやりたい」と思っても、実行しないのが、まともな大人ということだ。煮えくり返るほどの怒りがあってもそれを抑える。それが態度に裏表を持つすばらしさなのである。

和という字は、色紙に書かれたり、和菓子の菓子器のデザインにさえ使われるが、私はこの字が恐ろしくてたまらない。和を実現するには、生涯に渡る恨みや、はらわたの煮えくり返るような怒りを、抑え浄化し、別のエネルギーに換える高度の心理的操作が必要なのだが、私はたいていの場合うまくいっていないからである。

世界中には和などに美を感じることもなく、むしろあらゆる分野で闘って自分の力を誇示することこそ生きがいだと考える人も、現実にはかなりいる。私はその事実を、日本の政財界からも、中近東やアフリカなど百二十数カ国を歩いた時にも、否応なく知らされたのである。

不足と感謝
――誰もが他人にはできない任務を果たしている

先日、小学校からの同級生がカナダからひさしぶりに帰国して、私の家にも泊まっていってくれた。日本が大東亜戦争に突入する直前に、引き揚げ船でイギリスから両親と帰ってきた帰国子女で、その後、修道女になった。

今彼女は八十代の半ばで、まだトロントの近くのカトリックの大司教館で働いている。零下二十度の気温の中を自分で車を運転して出勤するという。

昔編入してきた当時の彼女は、日本語がうまくなかった。しかし彼女の英語を聞いた時から、私は自分が英語を学ぶ気力を失った。被害甚大だった。その彼女が、二週間あまりの日本の滞在の後で、印象を語って帰ってくれた。その中の一つは、（自分に関する限りだが）子供の時に戦争を体験したのはよかった、ということだった。もちろん私たちは二人共に、戦争の残酷さを充分に知っている。

知人が応召して戦死した。東京大空襲では、一晩で十万人の市民が焼死した。私たちも、飢えや虱《しらみ》、家を焼かれて野宿した体験を持った。私たちは皆貧困児童だったのだ。結核で若い人生を閉じる青年の無残な死にも立ち会った。

しかしそうした悲惨な記憶が身にしみたから、ぜいたくでなくなった。わずかにあるものにいつも深く感謝している。生活は豊かである方がいいが、それも程度問題で、なければないで生きていける、と思う強さも与えられた。

人間を創るには、二つの面が要る。愛されて豊かに生きる面と、時には理解されず、物質的困窮さえ体験しながら生きる面とである。戦後の日本には、後者の要素に対する評価がほとんどなくなった。望んで苦労することはないが、現実に教育という面から考えると、逆境が強い人格を創る機会は実に多い。

私たちが、カトリックの学校から受けた影響は、年と共に深くなっているようでもある。何であろうと、その時々に個人が神から与えられた仕事を果たすという意識である。

誰もがこの世で二つとない任務を命じられている。その人の得意な面、置かれた環境によって、神は一人一人に仕事を命じる。任命書は上役を通して渡されるのではなく、日々、神から直接密かに伝えられている。この密かな使命を果たしていくと、神がその仕事ぶりをじっと見つめておられる、という感覚もできる。

神の視線を感じると、他人の仕事を不当に羨むこともなく、あんな仕事は大したもんじゃない、と貶《おとし》めることもなくなる。私たちは皆「神の道具」として登録されている。のこぎりにねじ回しの役はできない。誰もが他人にはできない仕事を果たしている。

十三歳の少年を惨殺したという十七歳と十八歳には、この視点が欠けていたのだろう（二〇一五年二月二十日、神奈川県川崎市の河川敷で、中学一年生の男子生徒が殺害され、遺体を遺棄された事件）。自分が生きているのは、すべての人のおかげだ、という基本を教える人が周囲にいたら、彼らの人生の風景はもう少し変わっていたのではないか、と思う。

エコばやり
——相手の立場を考えることができる、というのは知性の結果

小さな講演会で話をするようにと言われたので、会場に行くのに、我が家の車を秘書に運転してもらって行くことになった。私は二年半前に足首周辺の骨を何カ所も折って、それを釘で止める手術を受けた。その後遺症がまだ残っていて、電車を乗り継いで会場に行くのは日によって少し無理があるのである。

会場で車を降りる時私は、「車の中にいると寒いから、喫茶室にでも行って、コーヒーを飲んで待っていらっしゃいね」と囁いた。

酷暑の夏の日中と極寒の冬に、運転者が車の中で待つことになると、どうしてもエンジンを掛けっぱなしにして、空調を使うことになる。待ち時間にはエンジンを切っ

ていなさいというのは、暑気と寒気にさらすことだから、人間的でないだろう。

最近の風潮は、エコばやりで、講演などのテーマとしてもよくエネルギーを大切にすることが取り上げられる。そういう講演会の陰に、こういう矛盾が発生しているのである。主催者がちょっと惻隠《そくいん》の情をもって「運転手さんもこちらでお休みください」と控室に通してくれれば、それで済むことだ。講師の私がステージに出て行けば、講師控室は無人の部屋になることも多いのだから、運転者は快適な気温の部屋の一隅で休んでいられる。しかしエコ問題の会議でも、そういうところまで配慮のできる主催者はほとんどいない。

相手の立場を考えることができる、というのは、知性の結果である。どんな優秀な大学を出ていても、こういう点には全く気がつかない人が近年多いのは、多分昔風に言うと「しつけが悪い」のだろう。

一方で、自分はこんなにエコに気を遣っているのに、人はそうしないと言ってきつく非難する人が出てきたのも近年の特徴である。エコ運動は、他人がそうしなくても、自分だけは守り続けるという姿勢を貫けばいいので、エコの姿勢を示すことが自分の道徳性を示す証だと思ったり、エコ運動にずぼらな他人を非道徳だと言って責めるのは、嫌な風潮である。エコさえ守れば、自分は上等の市民であるかのような態度は、的はずれというものだ。

一人の一票は確かに貴重なのだし、一人の人間の一生がどれほど重いものかも、私たちは身近の人生を見ているだけでよくわかる。しかし同時に自分は六十億を超える地球人の一人に過ぎないのであって、大した存在ではない、と思う平衡感覚も大切だろう。

怖くてむずかしい話
——「損なことを選べる」という魂の高貴さ

戦争で戦死したのは、国家と軍部の口車に乗せられて犠牲になったのだ、だから平和のためにも、自分が損になることをしてはいけない、と戦後の教師は教えた。その結果が現在の日本人の姿である。

日本中が、いかなることのためにも、いささかでも自己の不利になることには黙っていないのが人間の権利なのだ、と教育したのは日教組系の先生たちである。

私も十三歳以後は戦後教育を受けたのだが、それ以前もそれ以後もキリスト教系の学校にいたから、真の自由とは、時には自分が持っている権利さえも放棄することだと教えられた。

聖書には、究極の愛とは他人のために命を捨てることだ、とはっきり書いてあったから、戦死者にも深い敬意を払い続けている。

むしろ自分に不利なことをできる人になれ、と私たちは教わったのだ。

しかし私は利己主義者だから無理だろうと思いつつ、できれば不利を受け入れられる力のある人になることが私の中で美学になった。

人のために、いささかの犠牲を払うということは、大きな徳なのだ、と書くと、今では、どういうふうにトクをするんですか、と損得の得のことだと勘違いされそうだ。

人のためにいささかの損をできる人間になれ、と教えない教育では、社会は成り立っていかないだろうと思う。

ごみ処理場、空港、鉄道、基地、原発、すべて誰かの犠牲がなくては済まないことだ。軍用の基地がなくても済む、と考える人がいたら、それは世界の常識に反しているし、平和に対しても無責任である。

自分も犠牲を払うことを納得し、犠牲を払った人には感謝してできるだけ厚く報い、しかも「人間には運の悪いこともある」と思う部分も容認できないと、社会はどうにも動かなくなる。

誰もが平等に向かって努力をするが、現世に完全な平等などあるわけがない。平等が完全に叶えられるものだと信じたりすると、自分も不幸になるし、社会も共倒れになる。

人は集団の幸福のために、生命を脅かされない程度の犠牲を払うことを容認して生きてきたはずなのだが、今では、この一言さえ怖くて言えなくなった。

戦争中の戦死者は、自らの犠牲を納得した人も納得していなかった人も、おしなべて死に追いやられるものだった。しかし本来犠牲を払うとは、自分で納得して行動するものだから、戦争中の追いやられた死と、自らが社会の犠牲になることを納得することとは全く違う。

できれば損なことを選べるだけの精神の余力、魂の高貴さを持ちたい、などと言っても、今の人たちには何のことか、わけがわからないだろう。そこが怖い。

塔は見上げるだけで充分
——人生に対しては「お先にどうぞ」の精神で

二〇一二年五月は二十二日が「東京スカイツリー」の開業だったので、マスコミの話題はそればかりだった。六、七割の人がスカイツリーに興奮し、一刻も早く登ってみたいという。それ自体は決して悪いことではないし、この建物に関しては私の知らないことがたくさんあった。その構造物の一部に、食堂がたくさんあってそれが売り物だという耳よりな話も認識していなかった。

前日の二十一日朝には金環日食があった。国内で観測されたのは二十五年ぶり。関西大大学院の宮本勝浩（理論経済学）教授によれば、この日食の経済波及効果は約百六十四億円だという。観測用グラスの売り上げ七億六千万円、大型船舶を使った一泊二日の観察クルーズ八億円、観察コースの宿泊や交通費が約十億八千万円、俄か天文学愛好者のプラネタリウム入場料その他の消費支出増が四十億円余りなどである。何でも儲かる口実になるというのなら、まあ悪いことではない。

スカイツリーの方はマスコミに聞かれたり、自分で考えたりして、私は当分はあの塔に上がらないだろう、ということは確実であった。そのうちに地方からの客や外国人が来て、どうしても見たいと言ったら、その時はお付き合いするだろうという感じである。高所恐怖症の人も「あんなところに登るのは嫌だ」と言っていた。

皮肉にも二十六日の夜中にはテレビが『タワーリング・インフェルノ』という古い映画を放映していた。建設費用を一部でけちった豪華絢爛たる高層ビルが、そのオープニングのパーティーをやっている晩に、劫火に包まれる話である。この映画が製作された二十数年後に、9・11の現実的悪夢があった。消防車の手の届かない高さにまで塔を作るという軽薄さが悲劇を生むこともあるということが、まだ人間にはわからない。

しかし私がスカイツリーに上がらない理由は、子供の時からの母の教えによるものだ。母はかねがね、たくさんの人が行きたがるところとものを求めてはいけません、と私に教えた。決して得にならないどころか、人込みに圧されて踏みつけられて死ぬはめにもなる、という。むしろそれより人生に対しては「お先にどうぞ」と言える精神でいる方がいい、というのが、母の好みだったようだ。群の先頭に行く方が前方がよく見えそうなものだが、一番後から行く方が状況をよく理解できることも多いから、世の中はおもしろいのだ。

墨絵の光景
――「極悪人」の中にも、神はいる

小説が生まれるまでに長い時間がかかることは、作家なら誰でも体験しているところだろう。私の場合、長篇小説の核になっているのは私なりの或る思想なのだが、短篇を思いつくことは瞬間の作業である。

長篇の場合、いつから「そのこと」を書こうとしていたのかは判然としない。高校生の頃から考えながらまだ書かないものまである。しかし一つだけ、『天上の青』という連続殺人事件を書くまでの経緯は、珍しくはっきりしている。

一九七一年に、日本中の関心を集めた連続殺人事件が発生した。大久保清という男は、高校教師として絵を教えていると自称し、行きずりの若い女性たちにモデルにな

ってくれと頼み、自分の自動車で連れ廻したあげくに、強姦して殺した。中には合意で性的関係を持った女性もいるが、殺した女性たち八人は、ことごとく群馬県のあちこちに埋めた。

そうした事件とは無関係に、私は幼稚園の時からキリスト教の教育を受け、いささか遅すぎはしたが、中年から新約聖書の勉強をした。その途中で私の興味を引いたのは、神はどこにいるかという命題だった。

神は、空の高みにいるのでもない。人間の心の中にでもない。神がいるのは、今あなたが面と向かって相対しているあらゆる人の中だ、という神学的解釈は、私の心を捉えて放さなかった。

小説家として私は、あらゆる人の中に神がいる、ということを証明できなければならない。殺人鬼とか、鬼畜とか呼ばれる人の中にも神がいる、ということを、実感的に描けねばならない。

そう思いつつ、長い年月が流れた。大久保清の事件が起きた時、私の心に、これは私にとって書かねばならない現実の事件だと直感するものがあった。もちろん大久保とよく似た主人公の犠牲になる被害者たちについては、すべて私が創作で作り上げていくのだが、決定的な難関があって私は前に進めなかったのである。それは、殺した犠牲者たちを埋めた現場の法医学的状況であった。どれだけの日にちでどのような腐敗がくるかについては、小説家の私が推測ででっちあげることはできない。

その難関がクリアーされないままに、私は時々事件を頭の中で構成しながら、数年を無為にやり過ごした。そして全くの偶然から、私は遺体の腐敗その他の状態を、専門家が見ても納得してもらえる程度に書けるような資料を手に入れた。

一九八八年の秋、私は毎日新聞から連載小説の場を提供された。これだけの小説はかなりの枚数がなければ書けないから普通一千枚近くの枚数を使える新聞小説は、書き易い舞台だった。昭和天皇の御病状が一進一退する中で、私は取材を進めていた。崩御は翌年一月七日である。

連続殺人を犯したような、いわば「極悪人」の中にも、神がいることを証明する、という実験は私にとって作家冥利に尽きるものであった。連続殺人はもちろん忌まわしいことである。しかし百パーセントマイナスの意味しかないということもこの世にはないのである。もちろん私は現実の大久保という人を全く知らない。大久保に接した弁護士、刑務所の中で死刑になるまでの彼の生活を見届けた係の人たちでも、大久保の心底まで知ることは不可能だったろう。

　大久保は一審で死刑判決を受けた後、控訴しなかった。犯罪者はどんなに自分に非があると認めている場合でも、死刑になる恐怖から逃れるためだけに普通は控訴するものだという。しかし大久保はそれをしなかった。その理由も私はついぞ知らない。

　もちろん小説の中の連続殺人鬼は、宇野富士男という名前の別人格である。ウノは「一人の」「一個の」という意味のスペイン語の数詞である。つまりどこにでもいる人だという意味を含めて、私は主人公の名前を決めたのである。

『天上の青』は、大久保事件発生の日時がわかっていたので、連載小説として毎日新聞に掲載されるまでに、十七年の歳月が流れたことがはっきりしている。

　二〇〇八年、集英社から出版された『観月観世《かんげつかんぜ》』も実にスタートして以来、二十五年がかかっている。それだけの月日の経過が必要だったなどという言い訳をするつもりはない。最大の理由は私が怠惰で、現世の喧騒にかまけたからである。

しかし小説が生まれるまでには、どのような経過もそれなりに意味があるのだ、ということはできる。或る短篇は、一年前にも十日後にも生まれないのだ。生まれるべくして生まれる瞬間がある。『観月観世』がうまく書けたかどうかは、私が言うべきことではない。ただ生まれた子供は不器量でも致し方ない、と言いわけしておこう。

『観月観世』は、幼い時からの私が憧れた一つの光景であった。一人、月と相対し、生死、愛憎、別離を考える。もっともそんなことが言えるのも、戦乱も飢餓もない時代に、偶然私が生きたからである。この世紀末の物語は、だから幸福な時代に現世の陰影を愛《いと》しみつつ切り取った墨絵のような物語を意図していたということは言える。

共生のむずかしさ

――共生とは時に「鋭く対立しながら」歩み寄るもの

ある年、私は冬のアラスカにいた。オーロラを見るためであった。オーロラの観測は北緯六十五度の近辺で、それより北に大都市の灯がない場所が適しているという。私はそこで、昼間、観光客に、十分間くらいずつ犬橇の体験をさせるのを商売にしている男とも話をした。

「今日はまだ零下二十度くらいだけど、もっと寒くなると、ほんとうに毛皮がいるの？　最近は軽くて、安くて、あったかい化繊もあるけど」と私が言うと、彼は、「そうだね。最近はいいのがあるからね。でもフードに付ける毛皮だけはオスのオオカミの毛じゃなきゃだめだ」と答えた。他の毛皮では、吐く息が凍りついて防寒の用をなさないのだという。

　昔の砂金採りたちが集まった時代の空気をそのままに残した食堂のおばさんに、犬橇屋の男が言ったことを告げると、「何を言っているのよ。あの男は最近、化繊の防寒着を売る彼女ができたもんで、そんなこと言ってるのよ。アラスカの寒さを防ぐのは、毛皮でなきゃ、無理よ」と口を尖らしている。

　最近、毛皮を着るのは反対だという運動があって、日本なら毛皮なしでもやれると思うけれど、一切の毛皮に反対するのは、厳寒の地で暮らす人たちのことを考えていない自己中心的なものの見方だ。

　私は年に二カ月は海辺のうちで暮らしているが、そこでは、一時トンビ、カラス、ウサギ、タヌキなどが、ミカンやイモを食い荒らして困ったことがあった。市から借りてきた罠を仕掛けると、毎日タヌキがかかったこともある。我が家の家庭菜園なら、趣味の範囲でやっているのだから、鳥獣の害を受けてもしかたがないと思えるが、生業として農業や林業をやっている人たちの被害を思うと、これは許しがたい怒りの対象だろう。

その他サルやイノシシやシカなどが人間の生活を脅かし始めているという。シカは一夫多妻なので、オスの数を減らしても、すぐに代わりのオスが群れのあるじになり、メスの繁殖能力は落ちない。

日本人は、こうした里山近くに出没する野獣を撃つことを許されない社会的空気を作ってしまった。毛皮を禁止せよという人は、全員が牛・豚・鶏などの肉を食べない菜食主義者なのだろうか。家畜なら殺してかわいそうでないことはないだろう。私たちは、そうした命の犠牲の上に生きている。

人間が野獣によって損害を被ることを別に気の毒と思わない人がいるということは、動物愛護ではあるが、人間愛護ではなくなりかけている。人間と動物を同等に愛するという概念そのものが不可能だろうから、そこにお互いの生息のための区分を設け、区分から出てきた個体だけを排除するのが妥当のように思う。

「共生」とは安易な平和共存ではなく、時には「鋭く対立しながら」歩み寄って解決策を出すことだと、国土緑化推進機構の出している「ぐりーん・もあ」という雑誌が書いている。

第四章

感謝が幸福の源泉

不平不満があふれ出した時、
まずは健康で、食欲がある今日の自分に
感謝してみること。

遠い我が子
――凡庸という状態は、決して当然のことではない

人間は何を以《もっ》て満たされた人生だったというのか、私はこのごろ考える時がある。その理由は、私たちの周囲にはあまりに善意に満ちた社会が広がっているので、現世にれっきとした不幸が存在していることなど考えられなくなっているのである。

もちろん問題のない家庭はない。親子、兄弟、職場の人間関係のぎくしゃくに悩むこともある。姑が鬼のようだったり、実母が甘え過ぎていたり、年取った父親の女道楽がやまなかったりすることもある。

しかし日本人の暮らしでは、少なくとも家族関係がはっきり見えている場合が多い。私の周囲に、実の親を知らないという人は一人しかいないが、その人も善意にあふれ

る養い親に育てられて、充分に幸福な人生を送っている。「お袋がこう言ってました」「おばあちゃんにこう教えられました」とことあるごとに彼は言うのだから、親子の温かい繋がりをちゃんと体験しているのである。

世間とはそんなものだ、と思わないために、私は時々外国の新聞を読むことにしている。北朝鮮だけではない。中国でも、しばしば赤ちゃんが官憲によって連れ去られる。

二〇〇五年の或る朝、Lという町のバスの停留場で、Y氏の生後五十二日目の娘は、政府の役人によって連れ去られた。二〇一二年に二十五歳だというY氏は、当時政府によって許されている結婚年齢に達していなかったので、子供を持つこと自体が違法とされたのである。それでも六千元（約八万円）の罰金を払えればことは解決したのだが、貧しい父親にはその金がなかったのである。六千元は、その地方の平均的な家庭の年収の五倍の額であった。

その町の付近では、一九九九年から二〇〇六年にかけて、少なくとも十六人の赤ちゃんが家族計画局の役人によって連れ去られた。こうした役人は、罰金を払えない親から取り上げた赤ちゃんを外国人の養子として売れば、それも一つの収入源になったからである。こうした赤ちゃんの追跡はなかなかうまくいかない。違法を告発しようとする人が現れると、当局がその人を圧迫するからだ。

私たちの暮らしが、凡庸の範囲内にあったら、私たちはその運命に対して充分感謝すべきだろう。凡庸という状態は、決して当然のことではないからだ。それも一種の大きな幸運である。行方の知れない我が子が一人でもいたら、晩年になって私たちはその子の上に、どれだけ重い心を残して死なねばならないかわからないからだ。

「与える」と「得る」

——人間は、一人一人が得難い素材である

人生には運がある、と言うと、このごろの若い人は怒る。「それでは公平になりません。だから何とかして平等にすべきです」と言う。しかしそもそも個体が違う人間の要素が平等になることはあり得ないのである。平等になるということは、人間がビスケットのように同じサイズと同じ顔になることだ。人間のＤＮＡが一人一人違うことを考え、クローン人間を創ることは、人道上の犯罪だと言うなら、人間は一人一人違うのが当然であって、決して平等にはならなくて仕方がないのである。

女性と生まれてどうして女優さんのように美人にはなれないのか。同じ女の子として育ちながら、どうしてフィギュアスケートの選手のような美しい肢体と運動神経を

持ち得ないのか。そんなことを考えだしたら、私たちは、不平不満の塊になる。

私たちは、しかし一人一人が得難い素材なのである。それからどんな作品を生むか。彫刻の場合なら、或る木材や大理石の塊から、何を刻むかは彫刻家の腕に任されるが、自分という人間を創るのは、ありがたいことに私たち自身の手に委ねられている。

かつて戦争中には、日本の若者たちは決して自分の運命を自分で決められはしなかった。徴兵制度があったから、健康体なら兵隊にならなければならなかったし、そうなれば安全な戦線を選ぶなどということもできなかった。好きな勉強をしようにも、軍需物資を生産する工場に徴用され、私のように当時十三歳の未成年の女の子でも一日十一時間の工場労働に従事した。食料も充分ではなかったから、私は皮膚の化膿が治らず、結核で倒れる人もたくさんいた。

その時代とくらべると、今は幸福な時代だ。努力次第で、自分の好きな道に進める。格差社会が次第に大きくなって、そうした希望も叶えられなくなっている、とジャーナリズムはしきりに書くが、そんなことはない。今では、むだな時間を使わず、本を読み、自分で考え、人一倍勉強する青年には必ず道が開けている。

いい生涯を見いだすには、まず自分をよく知ることだ。自分と他人とは決して同じではない。だから、どこが違うかを過不足なく承認することからすべては始まる。簡単なようだが、それさえもできない若者が多すぎるのはどうしてだろう。似合おうが似合わなかろうが流行の服を着（安いからという理由なら理解できないでもないが）、日本に生まれて日本に育ちながら日本語さえまともに喋れず書けない。日本人なら、日本語ができて当然だということは、最近保証できなくなった。自分が属する民族の言葉さえ使いこなせない人は、一国の文化もまともに身につけていないという証拠だから、厳しい言葉で言えば、とうてい指導者にも「上流階級」にもなれまい。それもこれもすべてはテレビやホームページやEメールやマンガやカラオケに時間を取られて、まともな勉強や読書をしないからである。

人との違いさえわかれば、次の段階が自然に見えてくる。自分の短所ではなく、長所を伸ばせばいいのだ。人と付き合うことが好きならその点を、一人でいることが好きならその性癖を、体が丈夫なら肉体労働を、生かせるような仕事を探せばいいのである。人間、自分の得意なことをするのが一番幸福だ。嫌いで不得意なことを一生の仕事にしたら、それほど大きな損害はない。それにもかかわらず、若者たちは就職する時に、あまりにも世間の流行に流されている。近年はＩＴ関係の会社に将来性があると言われると、その仕事の実態がどんなものであるかも考えずに人気業種の就職試験を受ける。銀行が堅いとなると、銀行に行きたいと考える。そして数年経つと、ＩＴ産業の先行きも現実にはあまり明るくない、とか、銀行で金に仕えるのは嫌になった、とか言う。そんな成り行きは、一人前の頭があれば、始めからわかっていたことではないか。

つまり人間は、過不足なく、自分自身であるべきなのだ。才能においても自分を伸ばし、職業においても得意の分野で働くことなのである。それが自分が自分自身の主人になる方法なのである。それを浅慮の結果、他人の価値観で人生を選ぶから、自分の心にそまない生き方をして、奴隷のように他人に使われて生きることになるのである。

幸福になる秘訣は、「あるもの（自分に与えられているもの）を数えて喜んで生きる」ことなのだ。しかし多くの人が「ないもの（自分に与えられていないもの）を数えて不服を言う」。歩くこともできない病気の人から見たら、歩けるだけで大きな恩恵だ。口から食事ができなくなった老人と比べたら、自分で大きな握り飯をぱくぱく食べられる人は天国の境地にいる。それなのに、人間はいつも不服なのである。

人はその数だけ、特殊な使命を持っている。誰一人として要らない人はいない。そのことをはっきり自覚し、自分に与えられた運命の範囲を受諾し、そのために働き、決して他人を羨まない暮らしをすれば、誰でも今いる場所で輝くようになる。

その仕組みをわかる人だけが、人生で感謝を知るようになるだろう。感謝が幸福の源泉だ。不平ばかり言っている人は、みすみす自分の周囲を黒雲で閉ざし決して陽射しを受け入れようとしない人である。感謝があると、自分の受けている幸福の一部を、他人に贈ろうとする。おもしろいからくりだが「与える」と「得る」のである。試してみてほしい。

貧乏した時の弁当の食べ方
――煮物の味を少し濃くする母の知恵

二〇一一年一月の上旬の早朝、みのもんたさんの有名な番組「朝ズバッ！」を見た。すると新聞の一つが、学校の先生が足りない、ということを報じている記事が紹介された。産休、育休などで休む先生が増えるとその補充ができず、生徒は先生なしで自習したり、試験さえできなくなっている学級もあるという。

いかにも深刻な問題というふうに受け取る視聴者もいるのだろうが、私は全くそうは思わなかった。

世界中、日本と比べものにならないほど、学校の先生が冷遇されている国が多いことを知っていたからでもある。

ずっと昔、ブラジルの地方都市の空港へ行くと、見知らぬブラジル人の修道女が私を待っていた。何のご用ですか？　と通訳を介して聞くと、もう何カ月も学校の先生たちが給料をもらっていないので、私が働いているＮＧＯに、何とかして給料の肩代わりをしてもらえないかと思って空港で待っていた、と言う。私がその土地へ来ているということは、噂で聞いたのだと言う。

「あなたの学校というのは私立学校ですか？」

と私が聞くと、

「いいえ、公立学校です」

と言う。

「シスター、申しわけありませんが、それならお助けできません。外国の援助で給料を払ったりしたら、あなたのお国は、先生の生活を安定させることを全く考えなくなります」

私は答えながら暗い気持ちだった。先生たちはもう三、四カ月も給料をもらっていないまま、生徒たちのために頑張っているのだという。南米の人たちは、一般に日本人よりはるかに親類縁者の結束が堅いから、親戚中で困っている人のことは、一族で誰かが見る、という風習がある。そのおかげで、何とか生きていかれるのだろう。

南米だけでなく、アジアでもアフリカでも、保育園、幼稚園、小学校などの先生や職員の給与を助けてほしいという依頼は、私の体験でも数限りなくあった。学校の建物を建てると、私たち日本人は、それでこのプロジェクトは一応完成したと思う。しかし援助に馴れてくるとそうは考えない。校舎ができたとたんに、先生の月給もみてくれという要求が続くのがむしろ定型なので、私はわざわざインドまで、その要求はしないという確約を取りつけに行ったことさえある。

どの新聞のニュースか番組ではわからなかったが、先生不足は、別に自習だの何だのと深刻に考えなくても解決できることだ。今の三十人学級を一時解消して、四十人か五十人ずつのクラスにすれば、切り抜けられる事態である。

私の子供時代、一クラスは五十人から五十五人が普通だった。教室はすし詰めで、自分の席が窓際だと、そこに辿り着くまで数メートル、ずいぶん狭い空間を、蟹みたいに横ばいで歩くほかはなかった。

今の社会は、貧乏の仕方も知らない人たちばかりだ。一クラスの生徒数を増やして切り抜ければ、詰め合って受ける授業に、楽しい思い出もできるのに、それを思いつかない。

昔は給食などというものはなく、必ず家でお弁当を作って持たせたのだから、家が貧しくなって一家の食費を切り詰めなければならなくなったら、一家のお母さんはおかずの煮物の味を少し濃くする知恵があった。すると少量のおかずでもたくさんのご飯が食べられるようになる。辛いおかずが少しあれば、子供はあるだけのおかずで、工夫してお弁当箱の中のご飯をきれいに食べ尽くすようになる。

貧乏をしたら、倹約して切り詰めて生きるという原則は、誰もが知っていた知恵だった。それが今は全くなくなった。

今の人たちは、四十人学級、五十人学級と聞くだけで、そんなことをしたら、担任の目が個人的に行き届かないから教育的ではない、と目くじらを立てる。それは一部の真理だが、残りの部分の真理ではない。人間には最後まで、自分をほんとうに理解してくれる人などあるわけはない、とは教えない教育は、それなりに貧しいのである。

家族と少数の友人たちは、長い年月かかって、あるがままの自分を認めてくれる。だから貴重な存在なのだ。しかしちょっとしたお友達――最近ではメールをし合っただけのメル友――が自分を深く理解してくれるようなことはまずなくて普通である。

むしろ人間は、他人をほんとうには理解できず、自分もほとんど理解してもらえないと覚悟すべきだろう。三十人学級になれば、生徒一人一人が理解してもらえるなどと簡単に考えるから、理解されることが不可能になると自殺するようなやわな人間ができる。三十人の生徒をすべて理解している教師が、各学級の担任をしているわけはない、とは思わないのである。

いたしかたなく人間は、誰もが皆、一人一人自立した強い心を抱えて生きていくのだ。人間の心の一部は理解されない運命を先天的に持っている、と唇を噛みしめて実感したほうがいいのに、である。

昔も今も不良で悪ガキのような夫は、「ボクだったら、常時先生のいない学級に編入してもらいたい」と言う。「そこで何をするの?」と聞くと、ただぽかっと寝ていたり、ずっと悪ふざけやイタズラをしたり、思うさま友達を苛めてみたり、好きな本を夕方まで読み続けたりしたい、と言う。

そんな極端な発想をしなくても、近年は団塊の世代が定年に達したので、きちんと教育を受けたまだ若い定年退職者が大量に出た。彼らを常に「特別待機教員」として、その時々に臨時に採用して授業を受け持たせれば、先生なしで自習をする、などという極端な状況に追い込まれることもない。「若い高齢者」の雇用の創出にもなるし、子供の方も全く違う角度から教えてくれる先生に会って、授業だけでなく、人生そのものをおもしろく感じるかもしれない。

教育も人生そのものの一部だ。決して常に順調とは限らないし、変化がまた大切な教育的要素である。むしろ一学級が三十人でないといい授業はできない、それは文科省の無能のせいだと非難する世間の精神の固さの方が、ずっと大きな問題だろう。

私たちは理想の学校からも学ぶが、汚職にまみれた世間からも、偉大な人間像を学ぶ。私に言わせれば、どちらも必要だ。もちろん理想に近づけることは必要だが、理想通りでないと、その道はもう絶望的だ、と考える人の方が、どんなに若くても、もう頭の老化が始まっていそうで怖い。

貧しさに対応できない人間は、豊かさを賢く享受することもできないだろう。貧しくても豊かでも、自分を失わない、ということが、人間のもっとも強靭でみごとな生き方だ、と私は思っている。

鉄火丼の作り方
——どんな変化や困難にも耐えられるよう、心を鍛える

昔、私のうちに「うちの奥さん」と私が呼んでいたお手伝いさんがいた。私より少し年上で美人で上品でお料理がうまくて、どうしてうちのような粗雑な家に来てくれたのか、その経緯は今もよくわからない。この人は二十四、五年もうちにいて、ずっと仕事に追われていた私の家で主導権を握る、名実共に「うちの奥さん」であった。

その人について忘れられない思い出がある。或る日、私は友達を昼御飯に呼んで、鉄火丼を出すことにした。三崎港に仲のいいお魚屋さんがいて、鉄火丼用のマグロを送ってくださいと電話をかければ、確実に届けてくれるからであった。

「うちの奥さん」はご飯を炊いただけで魚の到着を待っていた。しかし午前十一時を

過ぎてもマグロは着かない。私は不安を覚え出し、何なら急遽、親子丼に変えようかとうろうろし出したが、彼女は「もうまいりますでしょう」と酢飯を作り始めてしまった。白いご飯にしておけば、五分で親子丼に切り換えられるのに、と私はいらいらしていた。

すると十一時半を少し過ぎた頃、マグロの宅配便は着いた。トロの柵は切ればすぐ丼ができる。

私は「うちの奥さん」の宅配便に対する信頼の強さに打ちのめされた。私は中年から、東南アジアやアフリカと関わり始めたので、もうこの頃には、ものが時間までに確実に届くということをあまり信じなくなっていた。多分着くだろうけれど、もしかすると着かないこともあるのが人生だという風に考えるようになっていたのだ。

今から五十年前のインドでは、郵便も着いたり着かなかったりだった。何という理由もなく着かない郵便もあるのだ。集配の局員がポストから本局の間に切手を盗む目的で手紙を取ってしまうこともある、と言う人もいた。だから郵便も着くとは限らない、と知ったのは既に二十四歳の時である。

列車やバスが時間通り来るなどと信じる人も世界には非常に少ない。ブラジルには自国を賢く笑い物にするピアーダと呼ばれる小話があるが、こんな粋な話もできているのである。

或る日、時間通りに駅に到着したブラジルの列車に感激した日本人が駅長に「いやあ、ブラジルの列車も最近は進歩したね。時間通りに来たじゃないか」と言うと、駅長はにこりともせず、「この列車は昨日来るはずの列車です」と言ったというピアーダもあるのだ。

私はそのような世界に馴れ、日本のような比類ない正確さと誠実さを当然とする心情からは、日々刻々遠ざかっていたのである。

こうした背景を長々と述べたのも、郵便事業株式会社が、二〇一〇年七月一日付をもってペリカン便を継承し、ゆうパックとしてサービスを開始しようとしたところ、数日間、発送便の円滑な配達ができなかったことが大ニュースになったからだ。郵便事業側の発表によれば、半日から二日程度の遅れが出たのである。七月五日の段階で配送予定五十五万個のうち、約六万個が配達されなかった。親会社の日本郵政に対しては徹底してアクイを持ち続けた記事を載せている産経新聞が、私にとっては貴重な資料なのでよく切り抜いているのだが、七月一日のゆうパック営業開始から六日までの遅配は累計三十四万個を超えたという。「五日の引き受け分で新たに約二万四千個の配達が遅れたもようだ」とも書いていた。

この問題は、私にはなかなか示唆的であった。何しろ日本の宅配便というのは、世界に冠たるもっとも先鋭的な事業なのだ。こんなに正確な配達システムを持つ国なんて世界になかなかないだろう。必ず魚が着くと信じて、酢飯を作って待っている国なんて、私は日本以外に聞いたことがない。

さまざまな国で、日本式宅配サービスをやれば、まず何だか理由なくものが消える。誰に聞いても肩をすくめて「知らないよ」「私の責任じゃない」と言うばかり。強盗に盗られる。途中で中身の一部が抜かれる。隣家に間違って届けると隣家が黙って使ってしまうような誤配。配達人が途中で品物をそっくり谷底に捨てる。全く違う地方になぜか一カ月も二カ月も品物がさまよう。問題の形はいくらでもあるが、とにかく日本のように「安全に必ず届く。時間に正確に届く。破損せずに届く」の三条件を満たす国など、そうそうあるものではない、ということを日本人はもっと明確に知る必要はあるだろう。外国を理解するということは、こういうことをも認識することなのだから。

私に言わせれば、半日や二日遅れたって文句を言うなという感じである。中を抜かれずに届いただけ、大したものだ。生ものは弁償します、というだけで良心的だと言いそうになるのである。

日本は今、いろいろな国で宅配事業を手がけようとしているらしいが、進出した会社は、今後あらゆる困難に出会うだろう。

新幹線が三十秒遅れただけで、遅れを一回と計算するという話を外国人にすると、どうしてそういう正確さが必要なんだ、と笑う。人生は少しくらい狂って当たり前じゃないか。誕生日にプレゼントは届く方がいいに決まっているが、品物が当日に届かなくても、愛する人の心は届く。遅配で逆上するような人間の性格の方がむしろ困ったものだ。我々はどんな変化や困難にも耐えるように、やや杜撰《ずさん》な環境を想定して心を鍛え続けていた方がいいというのが、私が世界の百二十数カ国から教えられた教訓だったのである。

と言うと、私が日本郵政の社外取締役として働いたこともあったので、会社を庇っていると言う人もいそうだが、私はそんなひいきをする気持ちは毛頭ない。

問題のすべてが近々収束すればいいのだが、このままずるずると「正確で早い」宅配が実現されないとなると「勤勉・正直・正確」を売り物にしのぎを削る日本独特の先端技術の一部の足を、ゆうパックが引き下げたと言われても仕方がない。この日本人の特技を崩すことは、日本の産業全般の根幹に予想外の大きな悪影響を及ぼすのである。反対にうまく収束すれば、この事件は利用者と会社と双方に実にいい教訓を与えたと言える。

ゆうパックは前体制の赤字体質から抜け出すためにお中元の貨物が増える時期を狙って急遽出発した。私はかつて新しく建設されたダムに、いつから湛水《たんすい》を開始するのか聞いたことがある。「夏の台風などで一挙に水量が増える時ですか？」と聞くと、多くは早春からだという。つまり山から雪解けの水がじわじわと流れ始める時期を見計らって湛水を始める。すると新しく生まれたダムに、いきなり大きな水圧の負担をかけることにならず、むしろしなやかで強靭な安定を与えるのだという。その手の地味な知恵と配慮が、多分ゆうパックスタートの時期決定に際して足りなかったのである。

歩き出した人々
――不満を知り、解決の方法を探る

二〇一三年私が偶然行ったジブチは、ほんの狭い海（アデン湾）を挟んで、アラビア半島のイエメンとアフリカのソマリアの間の要衝にあるが、今は海賊対策の基地である。

このジブチについて「ナショナル・ジオグラフィック」誌が、実に興味のある記事を載せてくれたことがある。

アメリカのピュリツァー賞受賞ジャーナリストのポール・サロペックが、六万年かそれ以上前に、アフリカに発生した人類の一部が、大移動を始めたのと同じ道を七年間かけて歩く企画を実行して、その記録を書いてくれたのだが、そのスタート地点が

ジブチの近くのアファール低地で、最終目的地は南米大陸の最南端のティエラ・デル・フエゴであった。

六万年前、この大移動と共にアフリカから去った人の数を、私は漠然と数万人だろうと思い込んでいたが、驚くべきことにそれはほんの数百人だった、というのである。

サロペックは酷暑のアファール低地を出発する時、周辺の遊牧民にもっとも近い目的地として「ジブチへ行く」と告げた。足で歩いて、南米大陸の最南端まで行くなどと言っても、誰も理解しないからである。しかし歩いてジブチに行くと言っただけで、「気は確かか？　病気じゃないだろうな」と言われたという。彼らにとってジブチさえもそれほど遠い土地だったのである。

草一本生えない砂漠ならぬジブチ近辺の土漠は、酷暑などという言葉で済ませられるものではなかった。私が今回行った時、ジブチは摂氏五十八度であった。私たちは近くの塩湖にも行ったのだが、その付近の光景とさして違わない近郊の溶岩原で行き倒れた人の朽ちかけた遺体の写真もこの紀行記は載せている。目鼻だちも白い歯も残っているが、胸の一部や太股は野獣に食われたのか白い骨が露出し、腰にぼろ切れが巻きついただけだ。このルートでは、こうして倒れた人々の遺体や墓をいくつも眼にした、という。日本人のように、あらゆる遺体について、これはいったい誰のものか調べねばならないと思ったりしない。昔から、砂漠では、誰もが行き倒れて死んだものなのである。

もし六万年前に熱砂の中のアフリカに生きていたら、現状に絶望して、私は北に向かって歩き出しただろうか。しかしその時の私は「よりましな」暮らしなど考えられるわけがない。なぜなら人間は、「見たことのないもの」を希求するという情熱もないからなのだ。

しかし水だけは違うらしい。生きている限り、人は自然に水を求める。それなのにアフリカの広大な面積を占める砂漠、土漠、岩漠では、水を見出すことが至難の業だから、移動しなければという欲求も生まれる。

私は果たして歩き出した一群に属したのか。それとも、怠惰、臆病、無気力などの結果、そこに留まる道を選んだのか。

現在の私たちは、歩き出した勇敢な人々の子孫ということになっている。つまりそれは、不満を知り、解決の方法を探る、という人間性を持った人たちだ。知りたいという欲求、冒険心、忍耐心、苦難にも耐える健康な肉体にも恵まれたたった数百人の子孫だということなのである。私はその血の流れを自分の体内に感じて誇ってもいいのか、それとも漁夫の利を得た人間として、相応にひがむべきなのか。

北に向かって歩き出した人々は中近東からインド、中国、シベリアを経てアラスカに渡り、それから一挙に北、南米大陸の背骨を南下して、チリの南端にまで達した、と見られている。そして現代の文化のあらゆる機能は、アフリカに留まらずに歩き出した人々の子孫によって作られた、と言っても過言ではない。

アメリカのテレビが先日おもしろい番組を提供した。最近のＤＮＡは、私たちの祖先をかなりはっきりと推定する。方法は簡単で、綿棒で口の中、頬の内側を何回かこすって採った組織を研究所に渡すだけでいい。

アメリカのＤＮＡ学者の一人が、ニューヨークの町でさまざまな外見の人に声をかけて、自分の祖先を知りたくないか、と言う。つまりＤＮＡを調べさせてもらうのである。そのようにして人種の坩堝《るつぼ》と言われるアメリカに住む人たちの人種的源流を探ろうという企画だ。

そのうちの一人、学者が街角で調査の対象に選び、相手もそれに協力をすると言ったのは、私のような者が見ても、なかなか興味深い風貌の人物であった。つまり何国人かわからないのである。年の頃は三十代後半。中肉中背。髪は黒でわずかにくせ毛。眼鏡をかけて知的な男性である。もしかするとインドかアラブの血が混じっているのではないか、とも思えるが、つまり私にはわからない。

数週間後に、学者は再びその男性に会う。そして極めておもしろい結果を告げる。

彼自身が認識している経歴によると、彼はコロンビアから来た移民だということになっている。しかし実は彼は養子で、養い親が麻薬の密売をしていたコロンビア人だというだけのことだ。だから彼はいっそう自分のほんとうの出自を知りたかったのだろう。

学者が告げた興味深い結果では、彼のＤＮＡの中にはアメリカ原住民の血が流れている。それから驚くべきことにユダヤ人の血も入っている。しかしほんとうの先祖は、アフリカ人だというのである。

それを告げられた時のこの人の表情はまことに複雑だが、感動的なものであった。私は彼の、もしくは国籍上のアメリカ人一般の、ユダヤ人に対する或る強烈な先入観を、実はほんとうには理解していない。だから彼がそれを知った瞬間、嬉しく思ったのか、深く当惑したのかもわからない。

しかし一見全く感じられないアフリカ人の血が、自分の中に流れていることを知ってからの彼は、おそらくそれ以前とは大きく変わったに違いない、と私は思う。

私はそれまで自分のDNAを調べるなどということに全く無関心であった。しかしこの番組を見てから、実は調べてほしくなった。

もし私の中にアフリカの血が流れていると知ったら、私の中でアフリカはもっと身近なものになるだろう。私が今、外見上もっとも似ていると言われるのは中国人かインドネシア人で、或るインドネシア系の人などは、私がバティック風の染めの服を着ていると「故郷の女を見るようだ」と言う。

インドネシア人の中には、アフリカ南部の、モザンビーク或いはマダガスカルなどの血も流れているだろうから、私の中にそうした南回りルーツでのアフリカの血が混じっていても不思議はない。もしかすると、そうした事実を知ることで、人間は国家を取り払ったほんとうの止《や》むに止まれぬ恩愛の情を、他国に持てることになるのかもしれない、と私は思い始めているのである。

花嫁花婿は十三歳
——人間理解に違和感を覚えることから平和は始まる

　ほんとうに新聞というものは一日読んでいても飽きない。それなのに最近は新聞を取らない人がいるというので私は驚いている。テレビの画面のような機械の前で、その日のニュースを見ていて、思索的な人間ができるわけがない。なぜなら人間は牛と同じで、取り入れた知識をゆっくり反芻しなければ、血肉にはならないだろうと思われるからである。

　私が、時々自分が読んだおもしろい話について書くのは、その元になっている作品を思い出すからである。一八〇〇年代の終わりに、フランスの作家エドモン・ロスタンが書いた代表作に『シラノ・ド・ベルジュラック』という戯曲がある。シラノは十七世紀に実在した人物で、剣術使い、決闘好き、「親衛隊に入っても活躍するが、戦傷を負い文筆活動に転進」した。ロスタンは、彼を巨大な鼻の持ち主で醜男だと書いたので、私などはその通りだと信じ込んでいるが、それは創作らしい。

シラノは、密かに愛している従妹ロクサーヌが修道院に入って、外界と断絶して生きているので、彼女のために毎週修道院を訪ねて、その週にあったことを物語る。そして最後には、自分が瀕死の重傷を受けていることを告げた直後に倒れる、というすばらしくロマンチックな恋と死を完成するのである。

愛する人に、手短に「物語をする」というのはすばらしいことだ。それで私も、忙しい読者に代わって私の読んだ驚くべきお話をお伝えしようと思ってしまう。私がシラノ、読者がロクサーヌである。

一九八二年、タイの田舎から突然一人の婦人が姿を消した。南タイのナラシワット州に住んでいたジャエヤエナ・ベウラヘンさんは当時五十歳をちょっと過ぎたばかり。いつも行っているように、気楽に国境を越えてマレーシア領に買い物に出かけたのだが、そのまま消息不明になったのである。

それから二十五年、ジャエヤエナさんは突然思いもかけない土地で見つかった。彼女は誘拐されたのでも、家出をしたのでもなかった。彼女は買い物の帰りに、単に間違ってバンコック行きのバスに乗り込んでしまったのである。

彼女はタイ語を喋ることも読むこともできなかった。彼女自身がもしマレー語ができたら、誰かに道を聞くこともできたかもしれない。しかし彼女はマレーシアではヤウィと呼ばれる方言を話すだけであった。そしてバンコックで彼女は再び間違ったバスに乗り込み、さらに七百キロ北のチェンマイに連れて行かれてしまったのである。

そこで彼女は五年間乞食をして過ごした。一九八七年からは、北部タイのピサンヌローク州にあるホームレスの施設に送られ「モン小母さん」と呼ばれて暮らした。彼女の話す言葉が、北タイに分布するモン族の言葉と似ていたからである。そこで二〇〇七年二月初めまで、彼女は誰一人自分の言葉を理解してくれる人もなく暮らした。

しかしついに、ホームレスのリサーチをする学生の一団とめぐり会った。その時彼女はいつも施設で歌っていた歌の一つを歓迎の印に歌った。それまで施設の職員たちは誰一人としてその歌詞を理解していなかった。ところが学生のうちの三人がそれはヤウィ語だとわかり、彼らが彼女の過去を聞き出したのである。

通報を受けた家族は、長女と一番年下の息子を送ってきた。まさに奇蹟の再会であった。

同じ北タイの町、チェンマイでは二〇〇六年十二月に、一人のスイス人が身から出た錆とはいえ、とんだ災難に巻き込まれていた。オリバー・ジュファー五十七歳。酒癖が悪い男であった。酔ったあげくにタイ中の至るところに掲げられている国王の肖像にスプレイを吹きつけたのである。この国王に対する「不敬罪」は、日本人が考えられないほど重かった。この男は五枚の肖像写真を汚したのか、五回の不敬罪で起訴され、もし有罪とされれば一回につき十五年の刑の五回分、計七十五年の有罪判決を受けるのである。

彼の犯罪は運が悪い時に行われたと言う人もいる。その年は王の即位六十周年目に当たった。前年九月の軍によるクーデターは、明らかに王の後押しで行われた。王の肖像写真は、それこそタイのあらゆる場所に掲げられており、タイ人は毎週月曜日には、王への尊敬を表すために黄色いシャツを着ているという。

ジュファーの写真は、これまた日本人が驚くようなものだ。被疑者の写真は出さない、などというのが全世界の良識・常識ではないから、シャツに短パン、サンダルをはいた両足を鎖で繋がれている彼の写真がマスコミに公開された。

マレーシアの東トレンガヌ州で、二〇〇七年三月初めに行われた集団結婚式で十三歳の夫婦が誕生した。二人は不倫でもなく、「できちゃった婚」でもない。オラン・アスリ族の定住地の中で、隣近所に暮らしているスクリ・アリとマリアム・ディンであった。一カ月の交際の後、長老の勧めに従ってイスラム法に基づいて結婚を許されたという。二人はケンイール・ダムというところに狩猟のために出かけた時に一目惚れし、両親も特にこの結婚に反対を唱えなかった。

花婿は青いシャツに白と青の格子のサロンにイスラム教徒のかぶる帽子、花嫁も青地に花模様の長着に白いスカーフを巻いたイスラム女性の姿で、祝宴のテーブルにはバナナやお菓子などが並べられ、笑顔の花嫁が花婿にお茶を注いでいる。マレーシアでは結婚は法的に二十一歳から許されるが、十八歳以下でも親の同意があれば結婚できる。さらにオラン・アスリの社会では、男の子でも女の子でも「成熟期」に達した男女は、結婚を認められるのである。

こんな「物語」を私が紹介する目的はたった一つである。世界にはかくも変わった人たちがいるということだ。理解できない言葉を喋るお婆さんがいれば、この人は何語を話しているのかを探り出して、どこからどうしてここへ来たか調べるのが日本の社会だ。しかし全く言葉の通じない人が一つの国に住むのが、それほど異常とは思われない国も多いということを忘れてはいけない。

日本では、国家元首の写真を飾るように強制したら大騒ぎになるし、皇室の悪口を言っても、不敬罪どころかそれが進歩的な態度だと思うような人たちもいる。しかしそんな自由がどこにでもあるというような甘いことを信じていると、七十五年も刑務所にぶち込まれる可能性のある国家も、歴然としてあるのだ。結婚に関しても、国家の法律より部族の掟の方が優先する。これも珍しいことではない。

納得しなくてもいいが、これほどに変わった人たちがいると理解することは必要だろう。そのような人間理解に違和感を覚えることが平和の源であり、刑務所にぶち込まれない秘訣でもあるのだ。

災害の中に慈悲を見つける
——自分の身に起きたことには意味がある

東日本大震災後、時間が経つにつれ、貴重な手記がマスコミにも載るようになったが、その中で私の心に残ったのは、約三週間もの長い避難所生活をした後、どうやら家族だけで暮らせるようになった時、生活の態度が変わった奥さんを発見した六十代半ばの男性の投書だった。奥さんは元は暑さ寒さにも不平を言いがちであったが、今は何も言わない。食事の前にも感謝して手を合わせている。

こんな体験をすれば人間は変わって当然だろう。お風呂に入れるだけでもありがたい。一メートルと離れていないところに他人が寝ていていつも気兼ねする生活から救われたのもありがたい。私流に言うと、心置きなくいびきをかき、おならができるようになったのだ。

普通の生活では、私たちは自分の好きな食事を食べられて当然と考える。しかし避難所では、食事の好みも口にできない。一国の政府が被災者に、全く火を使わなくてもすぐに食べられるパンやお握りなどを、清潔な状態で（つまり袋入りやラップに包んだ状態で）配れるということは、実は並々ならない国力のあらわれなのだが、避難所で毎日毎日パンばかり、お握りだけを配られていると、見ただけで食欲がなくなってくる、と感じるようになっても当然である。

私は料理が好きなので、残り物の処理はかなりうまいつもりだ。前日の残りのお冷やご飯などがあると、塩鮭の切れ端、なめこの味噌汁の残りなどを使って、おいしい雑炊を作る。我が家は塀の傍でミツバも作っているし、卵を一つ落とせば残り物の雑炊もちょっと豪華な見かけになる。人間は食べたい時に食べたいものを作って食べられる、ということが最高のぜいたくなのである。

私たちは普段得ているものを少しも正当に評価していない場合が多い。

まず第一に健康で食欲があることのありがたさである。今世間の関心はスリムになるダイエットの話ばかりだが、医師に言わせると、中年以後は、万が一消化器系のガンになる場合も予想して、常に痩せすぎでない適切な体重を保つことも大切なのだそうだ。ガンの手術をすると、通常十キロから十二、三キロは痩せる。十キロ以上痩せても、どうやら「人間をやっていられる」体重を、健康な時から保持していなくてはならない。もともと四十五キロしかない人が三十五キロかそれ以下の体重になったら、ガンが治っても健康を保つのに危険区域に入る。やや高齢者だったら、痩せて皺だらけにもなる。

健全な食欲に恵まれているということは、健康の基本だろう。そしてさらに、その食欲に合わせて食べたいものを食べられる社会的、経済的余裕を持っていることは、人間としてほとんど最高のぜいたくだと考えていいのである。これが私たちが得ているのに気がついていない第二の幸福の証拠である。

私は子供の時に大東亜戦争を体験した。三百万人が死に、国民は家を焼かれ、国中からあらゆる物資が消えた。ガソリンやボトル入りの水やカップヌードルがスーパーの店頭になくなったなどという物資不足の比ではない。お米も砂糖も油もわずかな量を配給されるだけだ。衣類など、スフ（ステープル・ファイバー＝植物性人工繊維）と呼ばれるぺらぺらの生地が、色の趣味もなく割り当てで少し買えるだけである。今私たちが使っているすべてのものがなかったのだ。燃料もないからお風呂もろくろく入れない。お菓子も全く売っていない。そんな状態がいつ終わるという当てもなく続いていたのだ。

今回の地震では東日本が災害を受けたが、幸いなことに神奈川県と新潟県を結ぶラインから西は無傷で生産能力を保っていたから、援助物資もいつかは送られてくる。戦争中は、日本中が瀕死の状態で、ものは何も作られていない。私たちの世代は、そういう時代を知っているから、今回の地震にもほとんど心理的なショックを受けなかった。いざとなれば何もない暮らしに対処できる気力と知恵を持っている、と感じていたからだ。

その上に私は、五十歳を過ぎてから、毎年のようにアフリカに行くようになっていた。途上国の中でも、最貧国と言われている国々の、しかも奥地に入って働いている日本人のシスターたちを訪ねていたので、土地の人々の現実の暮らしを、私はよく知っていた。首都の外国人向けのホテルに泊まるだけでは、見られない生活である。

そうした人々の暮らしは、戦争中の日本人よりも更に貧しかった。多くの国が内戦を経験していたが、もともと電気も水道もない土地なのである。電気はなくてもいいとしても、水道がないのは悲惨な生活である。人々はポリタンクに汲んだ水を数百メートル、時には数キロも歩いて自分の家に運ぶ。一度に持てる水は、せいぜいで二十リットル、つまり二十キロである。炊事とちょっとした生活用水の必要量は一人一日四リットルだから、五人がやっと生きるだけの水である。それだけでは洗濯や体を洗う余裕はない。しかも共用の蛇口からいつでも汲めるというわけではなく、政府の役人が鍵を持って水道を開けに来る時だけしか汲めない。女たちは列を作って、時には険悪な表情で喧嘩しながら順番を待つのだ。

時々私は雨の日に、家で「ありがたいなあ」と呟く癖があった。昔は家族が「何がありがたいの?」と聞いていたが、今は耳にタコができたらしく、誰も尋ねない。つまり私は、雨の漏らない家にいられることがありがたくて仕方がないのである。

動物は、ライオンもシマウマも雨に濡れている。しかし人間はそうでないものだ、と私は思い込んでいた。今回の被災者も、地震の当日からどこかの避難所に入って、とにかく雨や雪には濡れなくて済んだ。ありがたいことに、日本の学校や公共の建物は今回の地震でも倒壊していない。しかし二〇〇八年の中国の四川省の大地震では、多くの学校が手抜き工事のために壊れ、児童が犠牲になった。

アフリカでは何ら災害がなくても、人々の中にはまだ動物のように雨に濡れて寝ている人がいる。或る年、私が働いているNGOはマダガスカルの田舎の産院に未熟児用の保育器を送った。町の人々は保育器を盛大に迎えてくれた。司教さまが来て感謝のミサを捧げ、お母さんたちが踊りの輪で喜びを表した。

産院には一人の、子持ちの未亡人が働いていたが、助産師の日本人のシスターに、あの保育器が入っていたダンボールの箱はどうするのかとしきりに聞くのだという。ほしいならあげますよ、と約束しておいて、シスターはお祭り騒ぎに紛れてすっかりそのことを忘れていた。数日後、催促されて初めてシスターは「箱は何に使うの？」と聞いてみた。すると彼らの住んでいる小屋の屋根は破れていて、雨が降る日には子供が滝の中に寝ているようになる。だからこの厚手のダンボールを拡げて、せめて子供の寝ている上にかけてやりたい、というのが答えだったのだ。

そうだったのか。雨に濡れないで寝るということは、人間の暮らしとしてまだ一種のぜいたくだったのか、と私は悟ったのである。

僻地で暮らす日本人のシスターたちは、一年中お湯のお風呂などには入れない。第一浴槽がないし、お湯を沸かす設備もない。シャワーなるものは、水のホースの先に缶詰の空き缶に錐《きり》で穴を開けた手製のヘッドを取りつけただけ。アフリカという土地を日本人は勘違いしていて、どこも暑い場所だと思っているが、実は季節や高度によっては、寒さに苦しむことも多いのである。そういう土地で水だけのシャワーを浴びるのはかなり辛い。

日本の生活は、天国に近い、と私は地震の前から言い続けていた。しかしたとえば社民党党首は「日本は格差社会」だと言い続けてきた。日本は格差社会どころではない。どんな貧しい人でも、水道と電気の恩恵にだけは浴している。テレビを見られない人も、お金がないから救急車に乗れない人もいないのだ。どうしてこれが格差社会なのだろう。

地震をいいと言うのではない。しかし地震で断水や停電を知ったおかげで、日本人は水と電気のありがたみを知った。すばらしい発見だ。昔から私はすべて自分の身に起きてしまったことは、意味があるものとして受容することにしている。そのようにして、願わしいものからも、避けなければならないことからも、私たちは学び自分を育てていくことが健やかな生き方なのだと思っている。その姿勢を保てれば、今度の震災はむしろ慈愛に富んだ運命の贈り物ということさえできる。

休み下手

——自分を許し、何となく自然に生きていくこつ

先日、或る医療関係者から、最近の麻薬常習患者の傾向を聞いた。

外国では（と言ってもどこの外国か聞き漏らしたのが、私らしい粗忽《そこつ》さなのだが）多くの場合、鎮静剤なのだそうである。つまりうっとり何もせずに時間を過ごす方向に向かうのだ。

しかし日本人はそうではない。麻薬常習者の多くが、覚醒剤に傾くのだという。

ご苦労さまな話だが、理由は二つ考えられる。一つは日本人の性格がもともと暗いので、それを自覚すると何とかして薬物の力を借りてでも明るいものにしたいと考えるのだろうか。

もう一つは、日本人の貧しい勤勉な性格が、麻薬を使う段階になってもまだ、「ファイト、一発！」ふうに、働き者の性格に号令をかけようとしているのだろうか。

数年前、私はとつぜん蕁麻疹《じんましん》が出るようになった。飛行機の上で楽しくビールを飲んだ時に出たのがきっかけだった。薬を飲んでも治らない。食べ物とも無関係。ひどい日は水を飲んだだけでも出た。

痒《かゆ》さで死ぬ人はいないのだが、そのうちに、少し疲れてきた。つまりその頃が、治り頃だったということでもあったのだろう。

ちょうどその頃、夫が或る日おもしろい記事を読んだ、と私に言った。蕁麻疹は食べ物による病気かと思っていたが、実は心理的な病気だと書いてあった、と言うのである。

「ほんとうに休むことのできない人がなるんだってよ」

私が最初に思ったことは、それは恥だ、ということであった。

誰でも気が小さいことなど知られたくない。今からでも遅くはない。

私は休む時には、ちゃんと休んでいる、豪快な人物だと思われるようにしよう、と決心した。

ありがたいことに、我が家には遊ぶことが罪悪だというような空気は全くなかった。私は夜は早く休み、素人園芸の失敗を楽しみ、締め切りはあまり気にしないことにし、時には駄文を書いてもいいやと自分に許可し、何となく自然に生きていくこつを覚えたような気持ちになった。

すると、それと時を同じくして、蕁麻疹は治ってしまった。

子供の時はよく母に、もっと緊張していなさいと言われたものである。爪を噛んだり枝毛を裂いたりしながら、何も考えていないような子供だったのだ。しかし親は、時には休むことも子供に教えた方がいい。人間すべて、両方できないと困る。

いいことしかしない人など退屈で誰も付き合ってくれない。大悪はいけないが、小さな悪もできないようでは、おもしろくない。

こんな簡単なことを、誰も教えてくれない世の中は、あまりいい教育環境とは言えないのだろう。

ドジの功名
——人生は「回り道」がおもしろい

始終ドジをしているのだから、今さらのことではないが、名古屋駅で伊勢方面へ行く私鉄に乗り換える時、東京から来た行きの新幹線の切符を渡す代わりに、帰りの切符を出してしまった。

私がその場を立ち去る足が早過ぎたのか、向こうの駅員さんも気がつかなかったのか、私はそのまま伊勢で遊んで、帰りの新幹線に乗る時になって初めて、帰りの切符だと思っていたものが、既に使用済の行きの切符だったことがわかったのである。私はこう見えても気が弱いので、もう一度切符代を払おうとしたが、買ってくれた人が旅行社の受け取りもあるし、事情を話してみよう、と言ってくれた。

新幹線に乗ってから車掌さんに言うと、調べてみます、と消えていった。名古屋から東京まではあっという間である。その間に調査ができるのだろうかと思っていると、やがて名古屋駅が確かにその番号の座席の切符を保管していました、と知らせてくれた。

同行の外国人が、私からその経緯を聞いて眼を丸くした。走っているJRの列車から私鉄の駅に、電話だかコンピューターだかで問い合わせて、向こうがその切符を発見し、保管していることが、こんなにも早くわかるなんて大したものだ、と言う。

もちろん係の人がやるべきことをきちんとやっていた、ということは間違いないが、一つには落とし物をその人の手に返す組織や手順が作られていたのだ。回収した切符をチェックし、間違いがあれば、その間違いを記録し、報告できるように、情報の流れのシステムさえ作っておけば、現在では少しも複雑なことではない。

私の失敗から、日本の実力を見せることができた、という気分でもあった。人間の世界では、考えようによってむだなことは一つもない。私がドジでなかったら、こういうドラマは実証されなかったのである。もちろんこれが私のボケ始めだと大変困るのだが、人生の「回り道」はおもしろいことの方が多い。

しかしこんなにコンピューター化していても、人間の眼は切符の字を読もうとして、行きと帰りを混同する。切符の色を変えればかなりミスは減ると思う。上りを緑、下りを赤、というふうにすれば、私のような勘違いもしにくくなる。

伊勢では有名な二見浦の夫婦岩の間から出るという夏至の日の出を見に行ったのだが、あいにくの雨で、早起きもむだになった。しかし内宮《ないくう》の階段の三波石《さんばせき》の青さは、すばらしい色を見せてくれた。雨のおかげであった。

神宮の関係者にそう言って感謝すると、「昭憲皇太后さまも同じようなことを言われました」と告げられて、さすがの私も少し恥ずかしかった。

麻薬という沼

——一生を無事に過ごすということは、大きな幸運

二〇一四年九月二十六日、メキシコ南西部の町イグアラで、学生四十三人が消息不明になった。彼らは警察に拘束された後、警察との癒着が指摘される麻薬組織の手によって殺害されたと言われている。学生を麻薬組織に引き渡す命令を出したイグアラの市長夫妻と、犯行に加わった三十六人の警察官も拘束された。

この学生たちは、教師になることを希望し、他の町の大学に通っていた青年たちであった。おそらく彼らの町や村では有名な秀才で、親たちから見ればどれほど大きな期待を抱いていたことか。

事態の禍根も断ち切られないままになっているのも、日本人には想像できないこと

だが、麻薬の害をひとたび一つの国家が深く受けると、それから抜け出すのは大変なようである。日本の刑務所でも、一番多い再犯の事由は、麻薬だと教えられた。

二〇〇八年九月に、私は北メキシコのティファナという町で、一人のメキシコ人の神父に会った。神父は麻薬中毒から立ち直ろうとしている人たちの厚生施設を建てるために、日本で資金集めをしていたのである。

このティファナという町の人口について、私は「昔は八万人くらいの村みたいな町だったのが、今は二十数万人の都市になっている」と間違って書きそうになった。事実はこの数十年間に、八万人の町が百三十万人の都市に膨れ上がったのである。第一の理由はアメリカの工場の進出だが、国境で薬と密輸人の流れを止めると、かえって薬と患者がだぶついた、という人もいた。

麻薬も初めは「ちょっとやってみる」小さな冒険のようなものらしい。しかし必ず深みにはまる。麻薬を買うために金が要り、家の金やテレビを持ち出し、教会の飾り物まで盗むようになる。麻薬中毒の意味に使う「アディクション」という言葉は、人間が自分の魂の自由を失った状態を言うのである。そうなると次第に仕事を怠け、同時に気性は荒れてくる。

神父は中毒患者のリハビリセンターの一つに連れて行ってくれた。倉庫のような建物の中はミニサイズの町であった。クリーニング屋、馬の鞍《くら》の直し屋、木工所、床屋。すべてが中毒患者で運営されている。少し禁断症状が抜けると、そこから男性だけが外部に働きに出られた。女性はすぐに売春に走る人が多いから、外で働くことはできなかった。

せっかく自制ができるようになって家に帰ってみても、家族が皆逃げ出していて、家そのものも壊されてなくなってしまっていた人もいたという。かつての温かい家の跡に茫然とたたずむ人の心を思うと、私は人生は残酷なところだなと思いそうになる。

患者のリーダーのような人が私に言った。「この病気は治ったという保証がないんですよ。麻薬なしで何年も生きてこられたと思っても、ある日突然再びその道に入ってしまうんです。今日まで無事だったというだけです」

現代には薬以外にも麻薬的な毒物があるような気もする。一生を無事に過ごすということは、それだけで大きな幸運と言わねばならないらしい。

第五章

老いの美学

老年であれ、与えられた仕事は必ずある。
人に仕える喜びを見出した時、
人生の深い意味を知る。

神の奴隷部隊

――現世でもっとも上等な光栄ある仕事

東日本大震災の後も、私は雑用に忙しかった。ジャーナリズムはある種の軽薄さを持っていなければならないので、一日、二日締め切りを遅らせたり早めたりしながら、連載に震災のことにも触れてください、などと言われると、ついその要求に応じていたのである。その小さな努力一つで、原稿の新鮮さが違って感じられるのである。

しかしそれ以外にも、私には雑用が増えていた。震災前から、私がもう四十年近く働いている海外邦人宣教者活動援助後援会（ＪＯＭＡＳ）というＮＧＯが、その仕事の一環として、二〇一一年はマダガスカル南部の無医村地区へ、口唇口蓋裂《こうしんこうがいれつ》（兎唇《みつくち》）や合指症などの手術をしてもらう形成外科医のチームを送ることを決めていた。そのための準備が始まっていたのである。

このNGOは、諸外国に送る援助費用の多くの部分が「盗まれる」のを防ぐために、海外で働く日本人の神父と修道女に活動資金をつけて支払いを厳重に管理してもらい、しかも私が私費で現地に行って結果を確認するという作業を続けてきたのだが、今度の医療グループの派遣もその試みの一つなのである。

しかしドクターだけを送っても、背後で準備のための雑用をする人間がいなければ仕事の効率は上がらない。こんな民間の仕事にも、「兵站《へいたん》」の仕事は必要なのである。最近は英語でロジスティックスを詰めたロジなどという日本語もできている。簡単な麻酔の器具を送ること。先方の国で、暫定的な医師免許の承認をもらうこと。日本から出せない麻酔薬をマダガスカルで買ってもらう手配。

私は生まれつき悲観的な人間なので、ロジには向いている面もある。つまり荷物を送ると、必ず途中で紛失するだろう、という想定のもとに働くようにできているのである。ロジには、最後には運を天に任せるというおおらかな姿勢も必要だが、その手前にはどれだけ悲観的になってもなりすぎるということはない。つまり荒唐無稽な手違いまで想定できる才能が、ほんもののロジの天才だろう。私はとてもそこまではいかない。

今回の仕事のロジは、私を含めて三人。私は「奴隷部隊」と呼ぶことにした。奴隷という概念が現在の日本にはないので、皆ひさしぶりに聞いたという顔をし、笑っている。ドクター・グループに対して、我々は奴隷グループというわけだ。

しかしこの命名は決して卑下した思いつきでもなく、言葉の遊びでもない。

キリスト教には「神の奴隷」（ギリシャ語ではドゥロス・テウウ）という神学的概念がある。人間の奴隷はその隷属の状態からみても悲惨だが、至高な神の命令を受けて働く「神の奴隷」は、現世でもっとも上等な仕事に就くのである。

原発の事故現場で働く下請けの作業員の言葉がＮＨＫで流されたが、皆自分がこの危険な仕事をやるほかはない、と言っている。自衛隊員の働きと同じだ。今の時代「怖いから逃げます」と言ったら、誰もその人を無理に留めておくことはできない。しかし多くの作業員たちは、自分から職務に留まることを選んでいる。すばらしい人たちだ。それはその人が、自分の仕事に運命的なものを感じて、今この日本で、今この時に、この国難を少しでも救うのに力のある人間の一人が自分だと思っているからなのだ。

私の回りには、七十歳、八十歳を過ぎても、世界の辺地で何十年と働き、周囲が「そろそろ日本で楽な暮らしをなさいよ」と言っても、休暇が済むとまた惹きつけられるように厳しい任地に帰って行く高齢な修道女たちがたくさんいる。日常的なことを言えば、アフリカなどの任地では、お湯のお風呂など入ったことはない。ホースの先に錐《きり》で穴を開けた缶詰の空き缶をつけ、そこからばしゃばしゃと落ちてくる水滴で埃を流すだけが日々のシャワーだ。

しかし、こうした人々の中には、或る時ごく日常的な場で神に会い、神との会話の中で「神の奴隷」になることを受け入れた人たちもいる。しかも多くの人たちは、そんなことを誇らしげに語りもしないし、神がかったところは一切ない。

今回の私たちの奴隷部隊は、パートタイムの寄せ集めである。どんな仕事をするのか行ってみなければわからないのだが、手術室の床の清掃、汚物の搬出、昼飯は毎日ほとんど食べないで働くというドクターたちが隣室できれぎれに「齧《かじ》る」昼食の準備。

それと手術を受ける子供たちの顔の「雑巾がけ」はあるだろう。子供たちの顔の汚れはこべこべに固まっていて、いきなり術前の消毒をしようにも、汚れの塊が融けてきて始末におえないことがあるという。我々奴隷は、前日に温かいお湯で、子供の顔の雑巾がけをするのである。

人間の世界には、本来なら誰にでも、神仏との間だけで交わされる声のない会話があるはずだ。その時、人間は神仏の光栄ある奴隷になることを無言で承認する。その経過なしには、厳しい「和」など実現しないだろう。

新ローマ法王の即位
――人間すべてが深く求める悲願「平和の祈り」

バチカンのフランシスコ新法王関係の記事をあちこちで読みながら、どこかの新聞が関係資料として出すのを待っていたが、いまだにその気配がないので、私が書くことにする。

新法王は、法王としての自分の名前を選ぶ時に、アッシジの聖フランシスコをとった。この方は十二世紀の人だが、簡単に言うと放蕩息子の果てにみごとに回心した人である。おもしろいことにカトリックの世界では、聖人と言われるような人の多くが、一度は「不良」青年と呼んでもいいような前歴を持っている。人間としての厚みは、決して単純にはできないのである。

アッシジの聖フランシスコは生涯の前半を、金づかいの荒い、パーティー好きの青年として過ごした。しかしその空しさを悟った後、あらゆる物質への執着を捨てて、「乞食坊主」のような清貧を選んで生きた。フランシスコ会と呼ばれる彼の修道会は、今でも修道服を、縄の腰帯で結んでいる。それはフランシスコが、富裕な商人であった父からもらっていた富の象徴であるぜいたくな服を脱ぎ捨てて、粗末な修道服を身につけ、一説では道端に捨ててあった縄を腰に縛ってベルト代わりにした、という伝説によっている。

しかしどのマスコミも紹介しなかったのは、フランシスコの作った有名な「平和の祈り」である。マザー・テレサもたくさんの胸に迫るような祈りを作ったが、フランシスコの「平和の祈り」は人間の作った祈りの中で最高の名作といえる。

「平和を願う祈り

主よ、わたしをあなたの平和の道具としてお使いください。

憎しみのあるところには愛を、いさかいのあるところには赦《ゆる》しを、

分裂のあるところには一致を、迷いのあるところには信仰を、
誤りのあるところには真理を、絶望のあるところには希望を、
悲しみのあるところには喜びを、
闇のあるところには光を、もたらすことができますように。
主よ、慰められることを求めず、慰めることを求めさせてください。
理解されることよりも理解することを、
愛されることよりも愛することを求めさせてください。
自分を捨てて初めて自分を見いだし、赦してこそ赦され、
死ぬことによってのみ、永遠の生命によみがえることを、深く悟らせてください」

英国国教会とカトリックは、長い間、対立の歴史を持っていた。しかしダイアナ妃の葬儀の時、このフランシスコの「平和の祈り」が歌われているのをテレビの中継で聴いて、私は驚き深くうたれた。この祈りの内容こそ、新法王だけでなく、人間すべてが深く求める現代の悲願なのである。

途上国の行方不明
——貧しさは、人にどんなことでもさせる

バリ島で日本人の女性ばかりのダイバーたちが行方不明になった、というニュースが流れた時、私は瞬間「誘拐だ」と思った。インドネシアは実に一万三千以上の島から成り立ち、海賊の秘密の根拠地になっていた海域もある。ダイバーの船と人員を拘束して、船と人とを別々に「売り飛ばす」犯罪が起きても、それほど不思議ではない。

私の予測がはずれてほんとうによかったのだが、私は時々外国の新聞を読んだり、自分の体験からその手の事件の周辺に触れてきすぎたせいでそうなったのかもしれない。

少し前の資料なのだが、インドでは毎年六万人の子供が消えているという。失踪が

届けられた子供たちの実に四十パーセントは見つかっていない。日本では北朝鮮による拉致は今でもれっきとした継続的未解決事件として扱われ、最近行方不明になった子供の場合は、周辺の聞き込み、監視カメラの解析、数百数千人の警察官を動員して捜査するのが常識になっている。

しかし人口の多いことが潜在的な問題だったインドでは、今まで「不適切」な政治的思惑から、この問題がなおざりにされてきたと新聞は報じる。インドでは国内に八百を超すギャングの組織があって、子供たちを、農場や工場の労働、乞食の組合、性産業や結婚のために売っている。

インドには「失踪児童」を法的に位置づける法律がないのだという。ある子供たちは、虐待や、食うや食わずの家庭を嫌って家出する。貧しい家族は旅行中に子供とはぐれ、中には親が子供を食べさせられないので、故意に置き去りにするケースもある。

インドでは、親が高利貸から借りた数百円の金が返せない場合、借りた親当人だけでなく、子供まで農奴や工事現場の労働力や売春組織に連れて行くことが問題だった。インド人のカトリックの神父が、そうした子供たちを取り戻し、寄宿舎に入れて中断されていた教育を再開する仕事に、私の働いていたNGOのお金を使ってくれていたので、私は何度か現場を見に行っていたのである。

字も書けない親たちの中には、音信が途絶えていた子供の無事がわかっても、嬉しそうな顔をしない人もいる。戻ってきた日から、子供を食べさせる自信がないのだ。

連れ戻された子供たちは、勉強再開と言っても、屋根だけで壁もないむき出しの寺院の回廊のようなところに、丸めた敷布団一枚と教科書数冊だけをおいて集団で暮らしていた。十二歳の少女はすでに働かされていた売春宿でエイズに罹患《りかん》していた。やがて日本からの資金で寄宿舎が建てられ、子供たちは人間らしい生活を始めた。

貧しさというものは、人にどんなことでもさせる。だから貧しさが日本とは桁外れの土地では、私は人を信じなくなり、どんな事件もあり得ると考えて、用心する癖がついてしまったのである。

南ア通過地点

――エイズ・ホスピスの霊安室に見る答えのない疑問

アフリカの広大な大陸の一番南の国は南アフリカ共和国で、その国で第一の大きな町はヨハネスバーグという。人生の後半になってこれほどしげしげとこの都市に通うことになろうと、私は思いもしなかった。何しろ二年に一度は、ここを通ってアフリカのどこかへ行っているような勘定になる。

普通日本人はパリを経由してアフリカに入る。ナイロビとかアビジャンとか、日本人と関係の深い町は、アフリカの中央部に位置するからである。しかし大陸の南にある国々に行く場合は、それでは時間と旅費のむだになる。

私はシンガポールを通って南アに行くルートが、一番疲れないように感じた。日本からシンガポールまでは約七時間。シンガポールからヨハネスバーグまでは、夜行便で約十時間だが、深夜にシンガポールを出て、現地時間の明け方に着くので、比較的体が楽なのである。

私を南アとむすびつけてくれたのは、二〇〇八年に亡くなられた根本昭雄神父であった。根本師はフランシスコ会の神父で、その数年前、突然私の前に現れ、自分が働いている南アのエイズ・ホスピスのために経済的援助をしてくれないか、と言われた。もちろん、私個人に対してではなく、私が働く海外邦人宣教者活動援助後援会（JOMAS）からお金を出してもらえないか、ということであった。

当時、南アはエイズの爆発的な蔓延に苦しみ始めていた。神父は医師でもなく、役人でもなかったから、全貌を正しく摑んでいたわけではなかったろうが、南アの人口の九人だか、八人だかに一人がエイズ患者だという言い方をした。もう末期で死を待つばかりの患者は、感染を恐れる家族にさえ見捨てられ、汚物まみれの悲惨な状態で放置されるケースもあった。

そうした患者たちを、フランシスス・ケヤー・センターは引き取ってきて、洗い、着せ、慰め、少しでも食べられれば食物を口に入れてやっていたが、引き取られて二十四時間以内に息を引き取る患者も少なくはなかった。しかしマザー・テレサの「死を待つ人の家」と同じように、せめて穏やかな最期の数日を与えるために、そのホスピスはスタン・ブレナン神父によって設立され、根本昭雄神父が力を添えていたのであった。

根本神父は私と全く同年で、新しい事業を背負って始めるには決して若いとは言えない年齢であった。しかし宗教者の多くは、選ぶことなどできない状態でその仕事に運命的に引きずりこまれることが多い。信仰は私たちに、「この世は永遠の前の一瞬」「人生は仮の旅路」と思わせているから、多くの人たちがこの世の生き方にひどい執着はしない。それならそれが自分の使命なのだ、と思う穏やかな心理の姿勢が身についている。

私の家にJOMASのお金をもらいに現れた時、神父が希望した事業の進展に必要な総額としては、数億円の予算が計上されていた。私はその額の大きさに驚き、何からさし当たり要るのか、それからお出ししましょう、と言ったのである。

神父は、すぐにでも必要なのは霊安室だと言った。当時三十床のホスピスで、毎日一人は息を引き取る。遺体は置く場所もないので、シーツに包んでそのままベッドに置くのだが、隣にはまだ生きている患者がいるのだ。それはあまりに残酷なことだから、何とか霊安室を建ててほしいと言ったのである。

私は緊急にJOMASの運営委員会を開き、神父に現金で二百十九万八千円を渡して南アに帰ってもらった。そして数カ月で、八体を同時に置くことのできる冷蔵庫つきの霊安室が完成した。

この霊安室に関しては、未だに答えの出ない疑問を抱いたことがある。私たちの建てた霊安室は、それが頻繁に有効に使われることをもって社会的効果を生んだと考えるべきなのか、それとも中はがらがらでほとんど使われない状態になることが投資の成功の証なのかどちらなのか、私は今でもわからないのである。

私がここを訪れるのは三年ぶりであった。私たちのJOMASは、エイズ関係の仕事としては、霊安室に続いて、二十床の病棟を一棟、ベンツのバス一台、体の激しい痛みを訴えてもはや歩くことも立つこともできなくなっている末期患者を、スクワッター・キャンプと呼ばれる貧民街の小屋まで収容に行ける登坂力の強いジープを一台贈った。

その時、私たちのアフリカの貧困視察団には、二人の医師も加わっていたので、帰りの飛行機に乗る前に、ほんの二時間ほどをこのヨハネスバーグの郊外にあるエイズ・ホスピスに立ち寄ることは必要な勉強であろうと思われた。

エイズ対策は、嬉しいことに南アでも第二段階に差しかかっていた。アメリカの豊かな財団が経済的援助に乗り出したおかげで、患者たちは、栄養状態も改善し、薬を飲むことが可能になり、エイズは理論上は発症を抑えられて、いわば糖尿病のように、生涯つき合っていけば死に到る病ではなくなってきたのである。

病棟の庭で日光浴をしている患者たちも、私たちのグループの人たちと話をする余裕ができていた。ただし私が話した青年は、「ヨハネスバーグにお住まいですか?」という質問には、ぴたりと口を閉ざして答えなかった。エイズを不名誉《ステイグマ》なものと捉える気持ちが強いので、自分がどこで生まれたとか、どこに住んでいるとか、どんな仕事をしていたとか、ということを話すのを極端に避けるようであった。

そんないい薬があるのに、なぜ未だにホスピスに来る患者が出るのか、という質問に、ボランティアの女性は、その恥の感情が妨げになって検査を受けないから、手遅れになった患者が出るのだし、普段から生活が貧しいと栄養状態が悪く、抗エイズ・ウイルス薬を投与できないほど体が弱っている人たちがいる。その人たちが結果的にはホスピスに来るようになるので残念だ、と説明した。

しかし問題は他にある。抗エイズ・ウイルス薬は、いったんよくなったように見えても飲み続けなければならない。広範なアフリカの土地で、多くの人々に決定的に欠けている一つの能力がある。それは「もし……になったら」という架空の状況を自分の上に想定する知的想像力である。病気が一度治ったようにみえても、薬をやめれば前より悪くなる、という眼に見えない状況を想定するには、実はかなり重大な自己管理の能力が必要だ。それができる人は決して多くない。エイズ対策は今後もその点が大きな課題になるはずだ。

私たちは、霊安室の扉も開けてもらった。中には今日も五体のやせ細った亡骸《なきがら》が白い布にくるまれ、この世の不備なしがらみから解放されたように眠っていた。

エボラ出血熱の現場
——極限状態での人間の弱さと崇高さ

私が、コンゴ民主共和国の南西部の町・キクウィートへ行ったのは二〇〇九年春のことである。私は九年半勤めた日本財団を辞めた後だったが、年に一度ずつアフリカの貧困を学ぶ旅はその年まで続けていた。一九九四〜九五年当時、コンゴはザイールと呼ばれていたが、そこで今回全世界に警報が出されているエボラ出血熱が爆発的に流行し、キクウィートはその悲劇の地の一つだった。だから同行したメンバーの中には日本の国立感染症研究所、防衛省、厚生労働省などから三人の医師がいた。

エボラ出血熱の病原体はウイルスで、死亡率がきわめて高い。キクウィートとその周辺では三百十五人の患者のうち、二百四十四人が死亡したというから、死亡率は約七十七パーセントに達した。

患者は四十度を超す発熱、嘔吐、激しい筋肉痛や頭痛と共に、体のあらゆる穴から出血した。血液の混じった下痢、鼻血、涙にもうがいの水にも血が混じる。注射をしようとすると、針を押し返すほど激しく出血した。

患者の血液、体液、排泄物などが直接皮膚に触れた場合、傷があるとそこからウイルスが侵入する。しかし空気感染はないため、患者を隔離病棟で治療すれば、それほど恐れることはないともいう。だが防護服を着て看護することは、ひどい肉体的苦労を伴い、病人もかわいそうに素手で触れてもらえないのだ。

気味が悪いのは、当時、特効薬はないのに、病気が約八カ月ほどで理由もなく終息したことだった。

病気が猖獗《しょうけつ》をきわめていた最中、危険を恐れてコンゴ人の医師や看護師の中にもいち早く職場放棄した人がいた。患者の家族でさえ病人を見捨てて逃げ出した人もいた。しかし私たちはキクウィートで、罹患しながら治癒した人、ずっとそばに付き添っていても罹《かか》らなかった人たちから、貴重な体験を聞いた。

もともとコンゴのあちこちには、イタリアの修道会から送られた修道女たちが看護師として働いていたが、首都・キンシャサにいた日本人の修道女が、私たちが約五百キロも離れたキクウィートまで、今にも落ちそうな旧ソ連製の飛行機で飛んで（道がないのだから仕方がなかった）、彼女たちに会えるような手筈《てはず》を整えてくれたから、いろいろな話を聞けたのである。

部外者の私が現場に行きたかった理由は、エボラに関わった人たちが見せたあらゆる面での人間的な弱さと崇高さを確認したかったからだ。

エボラの最中、最後まで踏みとどまったのがイタリア人の看護師の修道女たちだったが、彼女たちの払った犠牲は凄まじいものだった。九五年の四月二十五日から五月二十八日までの約一カ月間に、六人の修道女たちが数日おきにエボラで死んでいったが、修道会は決して撤退を考えなかった。

旅の間中、私は自分ならいつどの段階で逃げ出すか、それとも最後まで踏みとどまれるかを、自問し続けていたのだが、自分の卑怯さとひそかに「対面」することは、決してむだではないのである。

「醜い日本人」にならないために
――自らの哲学や美学を持つ

近頃の日本人はどうも醜くなったような気がする、と私の周囲の人が言う。私も時々同じように思う。しかしそう思う時には、必ず一言心の中で言い訳する声が聞こえる。

「人間というものは、自分を棚にあげないと何も言えない」

どういう点が醜いのか書き出したらきりがないけれど、醜いというからには外見からわかることがほとんどだ。

東京の渋谷、新宿、池袋などのにぎやかな町では、若い人たちに洗われながら歩くことが多い。そこにあふれているのは、痩せて筋力がない貧弱な細身に、まるで制服のように同じ流行の衣服を着ている若者である。ほとんど同じ髪形をし、最近は流行の重ね着の他に、バストのすぐ下にギャザーを寄せたセーターと「ももひき」をはいて内股でぺたりぺたりと歩く。

朝早いテレビのニュース番組には、こういう個性のない肉体と、まるで同じような髪形と服装のお嬢さんが時には四人も出てくる。四人とも必要だということは、魅力の点でもアナウンサーとしての技量の上でも、多分一人ではもたないということを局側が知っているからだろう。

BBCだってCNNだって一項目のニュースを読むのは原則一人のアナウンサーで、一行読んで別の人の声に渡したりはしない。そしてその女性たちが、実にそれぞれ強烈な個性美を持っている。あらゆる男性視聴者の女性に対する好みをすべて揃えました、と言っているように見える。年増派あり、神秘派あり、モノセックス風あり、近寄ると危険派あり、肌の黒いカモシカのような肢体派あり、昔の小学校の受け持ちの女先生に対する憧れ派あり、あらゆるタイプ別に女性を揃えております、という姿勢が言下に見えている。

そこで大切なのはその人の個性であって、黒髪の日本人のくせに金髪に染めているというだけで、これは自分のない人だという判断をされても仕方がないだろう。今は少し廃《すた》れたが、破れたジーンズ・ファッションが私は嫌いだった。アフリカの貧しい青年たちは、新しいジーンズなどなかなか買えない。もし破れている流行の品と、破れていない新品とどちらでもあげるよ、と言われたら、アフリカの貧しい青年で破れたジーンズをもらいたがる人はいないだろう。他人の貧しさをファッションにして楽しむ神経に、私はどうしてもついていけないのである。

こうした無神経は日本人の素質が悪いからではなく、すべて学習の不足からくるのである。日本以外の国では、その人に対する尊敬はすべて強烈な個性の有る無しが基礎になっている。もちろんお金や権力のあるなしもその一つの尺度とはなり得るだろうが、日本では、最近全く若者に教えていない分野があることがわかった。つまり魂の高貴さということに関して教師も親も知らない上、当人も読書をしないから、損得勘定、自己愛などというもの以外に、人間を動かす情熱の存在やそれに対する畏敬《いけい》の念というものがこの世にあるのだと考えたこともないのである。

二〇〇六年八月、JR北陸線の車内で女性が暴行を受ける事件があったが、異変に気づきながら一人として暴力的な犯人に立ち向かう男性がいなかったというニュースは、まさにこうした日教組的教育の惨憺《さんたん》たる結果を表している。

もっとも私は昔から西部劇の中の男だけがならず者に立ち向かうという設定には抵抗を覚えていた。女も抵抗の戦いに、できる範囲で働けばいいのである。それが男女同権というものだ。北陸線の中でも、男女にかかわらず知恵を働かせて車掌か鉄道警察隊に知らせようとした人がいてもよかったのだ。

最近の調査によると、人生の目標に「偉くなること」をあげる若者たちの率が、日本ではアメリカや韓国に比べて著しく低いという。私にもその癖《へき》はあって、権力を志向する政治家の情熱をほとんど理解していない。しかし「偉くなること」を総理や大会社の社長になること以外に、他人のために自らの決定において死ぬことのできる人、つまり自らの美学や哲学を持つ人と定義するならば、私はそうした勇気にずっと憧れ続けた。

ほんとうの人道的支援というものは、生命も財産もさし出せることとです、と言うと、そんな損なことをする人がこの世にいるのだろうかという顔をされることも多い。それほど恥ずかしげもなく功利的な日本人を他国人は何と思うか、やはり教えた方がいい。

終わりは、初め へ

——終わりは、あらたな旅路への橋

小説の書き方について、よく聞かれることがある。どんなふうに筋を作るのですか、インスピレーションが働くのですか、などというのがその主な質問である。

小説作法は多分作家の数だけあるのだと思う。だからこうした質問には「私の場合」と断って答えるほかはない。私の場合、小説は短篇と長篇とでは大きく違う。短篇はそれこそ一秒でできる。電車に乗っていても、画集を見ていても、台所で料理をしていても、外国の雑誌や新聞記事を読んでいても、病院の待合室に座っていても、それこそ、どこででも、いつでも一秒で構図が決まる。短篇は、墨絵の一筆描きのような感じだ。

しかし長篇は全く違う。長篇は部分部分を、長い年月をかけて作っていく。積み重ねである。

まず綿あめの箸に当たる芯がいる。これが思想的なテーマである。しかし小説家は哲学の論文を書くのではないから、芯が露《あらわ》ではいけない。芯の形が見えないほど、豊かな脇筋をつける。計算された贅肉である。これで学術論文ではなく、小説になる。

長篇の中で一番大切な部分が、最後のシーンである。最後のシーンが、物語の象徴でありながら、締めくくりの余韻を残すことができれば、その作品は成功したも同様になる。最後のシーンのためにエネルギーを使い果たすような気分になることもある。『無名碑』という土木小説も、『哀歌』というアフリカの虐殺を主題にした小説も、共に千枚を超える長篇だが、書き出す時から、最後のシーンははっきりと見えていた。

自分の小説を偉そうに言うように思われると恥ずかしいのだが、長篇小説はよく計算してから書く。ここでこの主題をこういうふうに展開し、ここで脇筋の人物をこういう形で登場させ、という具合に、大勢の人間の出し入れの交通整理もしておく。大きなダムを作る現場の工程表は、昔は手書きだったが、今はコンピューターのメモリーに入れられている。作家の頭もメモリーになっているわけで、造船の計画も、ダムの工程表も、長篇の作り方とほとんど違わない。

終わりが見えたら、たとえそれが数千枚の作品でも、もう書き終えたようなものかもしれない。後はただ頭の中にある作品を、パソコンを使うか、ボールペンの手書きかで、紙の上に移すか、写すかする作業が残っているだけだ。そして書き終えると、私はもうその作品に興味を失って次の作品を追っている。終わりは、初めへの橋なのである。

行き止まりは結論ではない
——人間が楽をできるのは、死んだ時だけ

東日本大震災の後の東京電力福島第一原子力発電所の後始末のことや、拡散した放射性物質の影響をどう考えたらいいかということについて、私は全く語る知識はないのだが、最近は改めて眼の覚めるような考え方に接する歓びというものを知るようになった。

「MOKU」二〇一一年十二月号で理化学研究所播磨研究所所長・石川哲也氏は次のように話しているのである。

「だから、『原発は悪だ。止めろ』という単純な答えに向かってしまうんですね。もし、原子力に替わるエネルギー供給が確保されるならば、それでいいのです。あるい

は、原子力を停止させることが、新たなエネルギーを生み出す方向へ加速させることもあるかもしれない。ただ、かつての『原子力は安全だ』という思考停止の安全神話をそのまま裏返しにして『原子力は悪だ』と言っていても、結局は同じ思考回路であることに変わりはありません」

これは私にとっては非常に快い考え方である。私たち人間は、普通行き止まり型の考えが好きなのかもしれない。こっちがだめなら、あっちだ、という考え方だが、そのどちらも実は行き止まりである場合が多い。

氏の対談相手の井原甲二氏（同誌主筆）も言っている。

「日本人の傾向として、すぐに『できないこと』の理由探しを始めるんですが、『できること』と『できないこと』を明らかにして、『ここまではできる』『こうすればもっとできる』を積み上げていくことが重要ですね」

昔、私の勤めていた日本財団は、虎ノ門にあった。しかし交差点を一つ過ぎるとそこは霞が関の官庁街になる。私は若い職員たちに言った。

「交差点の向こうは、できない理由を素早く言う秀才が住む町です。しかし交差点からこちら側にいる我々は、どうしたらそれができるかを考える鈍才の町の住人だという自覚を持ってください」

財団の職員がすばらしかったのは、私のこうした不真面目な言い方に、とっさに反応して笑ってくれたことである。鈍才と言われて怒る人など、一人もいなかったのだ。

死ぬまで人間の生活は柔軟に変化し続ける。「これでおしまい」と言って人間が楽をできるのは、ほんとうに死んだ時だけなのだ。震災後でも、生きているうちは、思考も行動も休めることはないらしいのである。

今日一日、人に仕える

——年齢を重ねても、与えられた仕事は必ずある

六月の半ば、私はマダガスカルのアンツィラベという地方の町の修道院で、十日あまりを過ごした。

ここは今から約三十年前、私が初めて日本人の助産師のシスター遠藤能子《よしこ》さんに出会った土地である。フランス語さえろくに通じないこの町にたった一人で入り、シスター遠藤は栄養も不足、衛生上の知識もない妊産婦たちに安全なお産をさせるように働き続けて、六十三年の生涯を閉じたのである。

今回、六度目にアンツィラベに行ったのは、日本の昭和大学の形成外科のドクターたちに、貧しさのために今まで放置されていた口唇口蓋裂《こうしんこうがいれつ》の子供たちに、無料で手術

をしていただく企画の支援をするためであった。

この田舎町にも、一応ホテルは何軒かあるのだが、台所でどんな不衛生な食事を出しているかしれないと思うと私は不安だった。床用の雑巾でまな板を拭くようなことを、世界中の人たちは平気でしているのである。毎日十二、三時間も手術を続ける医師たちが体調をくずしてはならない。その点、修道院は飲み水の管理からハエを防ぐ設備まで、安心なものであった。

ドクターたちにしても、修道院に泊まるなどという体験は初めてであろう。しかしそこは、質素ではあってもどこか親戚のおばさんの家に泊まっているような親しさが随所に感じられる場所なのである。

朝は六時少し過ぎから、シスターたちが歌う朝の祈りの声が聞こえ、七時半から朝食である。修道院の敷地は大して広くもないのだが、乳牛と鶏を飼っている。だから私たちは「成分無調整」だが新鮮な牛乳を毎日飲める。パンはフランスパンで、小ぶりのバナナとびわは、庭に生えたものだ。

昼と夜の主食はご飯。修道院の庭で採れたサラダ菜、ドジョウインゲン、ニンジン。

それに鶏肉か豚肉の料理がつく。自家製のカラメル・プディングも絶品だ。

世界中のカトリックの修道院には、人を泊め食事を出す、という隠れた任務のようなものがある。母か祖母の優しさのこめられた仕事だ。人間、幸せな時ばかりでもない。悲しい時も辛い時も、疲れ切った時もある。そうした人々を、今日一日ほんの少し幸福にするために、高齢の修道女たちも客人のために、一所懸命お皿を運んだり洗ったりし、庭の花の手入れをしている。人間年を取っても、神仏から与えられた仕事は必ずあるものだ。

まだ終わりにはならない
――人の行かない方向へ行けば、希望が見つかる

二〇一一年の日本は、「千年に一度」の災害といわれる東日本大震災から、復興に向かうことになった。最大の問題は福島の原発事故の処理で、それは間違いなく大きな仕事だが、日本の経済を根本から崩すほどのものではないだろうと、私は思っている。理由は簡単だ。日本人は能力があり性格がいい。しかも極端な利己主義者ではない。この二大要素を兼ね備えた民族などというものはほとんど世界にいないからである。

確かに災害は「千年に一度」の規模だったのだろうが、この言葉は「千の風になって」というのと同じくらい根拠がなく感傷的で、私は好きではない表現だ。

日本が衝撃に見舞われたのは事実である。病気でいうと、決して軽度とはいえない脳梗塞か脳出血に見舞われて、体に片側麻痺の後遺症も残ったと言っていいだろう。だから半身不随が長く残るのではないかと思われているが、幸いにも日本は東西に長く、南北にも広がった島国である。被害を大きく見ても、青森県から千葉県あたりまでが災害を蒙《こうむ》ったとしても、北海道も、東京都以西も比較的、無傷で残ったところが多い。関西は阪神・淡路大震災の傷から既にほとんど立ち直っている。時差で傷を治した後なのだから、脳血管障害にしても体の片側は健全な力を残して機能している。

もともと日本の海は、国の「左右」で太平洋と日本海と二つに分かれ、今回の震災で機能を失った原発事故は東海岸で発生した。偏西風を考えれば、基本的には放射性物質は東の海の方角に運ばれる公算が強く、これも幸運と言うほかはない。

さらなる幸運もある。震災後、被災現場には雪まじりの零下の気温がかなり長く続いた。しかし三月下旬まで来れば、春はもうすぐそこなのだ。これは地震が一月末や二月半ばに起きた場合とはずいぶん違う。これから夏に向かって、気温は温かくなり、生活を建て直しやすい時期に当たっている。

しかし最大の幸運は、私たち日本人が、最高に信頼に足る上質な一億人の同胞を持っていたことだ、と私は深く感謝している。

自衛隊、警察、消防、東京電力関係者、その他、民間のあらゆる人々のほとんどが、危険の故に職場放棄をしなかった。その心にあった思いを私は推測することはできず、今私にできるのは感謝だけなのだ。

戦後の日教組的教育や、進歩的文化人が、「人のために命を棄てるなどというのは、資本家や軍部（時には皇室）の利益のために使われるようなものです」と若い人たちに教えたが、その言葉の嘘を、健全な人々は肌で感じていたのだろう。

事故の収拾のために、そうした人々が整然と出動していった時、私の心に自然に浮かんだのは万葉集の山上憶良《やまのうえのおくら》の次の歌であった。

「士《おのこ》やも　空《むな》しかるべき　万代《よろずよ》に　語り継ぐべき　名は立てずして」

この歌は戦争中に育った私たちは皆よく知っているのだが、若い世代の読者のために現代語訳をつければ、こういうことになる。

「男子たるものが、空しく終わってよいものか。万代に語り伝えられるに足る名前を立てもせず（つまり立派な行為もせずに）」

というような意味である。

私も現代人だから、自由な心の表現と、人間の卑小さを表に出すことをあまり恥じない文化に染まって生きてきた。だから男（人間）として立派に死にたいという思いと、家族のために何としても生き延びたいという思いとが、同時に人の心の中でせめぎ合うものだとも思っている。その分裂した辛さこそ、この上なく自然で愛おしいものだ。だから原発の現場に出動した彼らは、人間として実にいい顔をしていた。その他、あらゆる立場で働いていた日本人は、男性も女性もすべて普段になくいい顔を見せてくれた。美男美女だった。

人間はいつかは一度死ぬ。誰もその運命を逃れた人はいない。もちろん私などはっきりと、若い人を救って老年の私は見捨ててもらうことを承認している。こと私一人に関する限り、なけなしの薬も危険な救出も望まない。私も夫も、もう充分生きた、と感謝をもって納得しているから気楽なものだ。

この山上憶良は下級官僚だから、山上《やまのうえの》臣《おみ》憶良と書くのが正しいのだそうだ。しかしこの歌は、彼が病気だった時に、藤原朝臣八束《ふじわらのあそみやつか》という人が見舞いの使者を送った時、かなり威勢の悪い顔つきで、詠んだ歌だという。

しかしそういう背景を考えなければ、この歌は、一種の普遍的な日本人の美学になっていた。西欧のキリスト教社会なら、消防士は聖書のいう「友のために自分の命を捨てること、これ以上に大きな愛はない」(「ヨハネによる福音書」15・13)という言葉によって危険な場所に突入する。しかし日本人は万葉集だ。いずれにせよ、人の生涯にはただ生活の手段だけではなく、生きる美学も終わる美学も要るのだ。それが今回、すべての人にとは言わないが、多くの人の胸の中で自然に、何千年も昔の蓮の種が芽を出すように蘇ったように見える。まことに慶賀すべきことだ。

誰もが言うことだが、阪神・淡路大震災の時と同じように、地震後も、略奪、放火、騒擾《そうじょう》などの被害は皆無と言ってよかった。普段と同じか、それより少ないくらいの軽い犯罪しか出なかった。これは、どこの国でも考えられないことなのだ。

ことに私のように何十度も、世界の貧困国の実態を見て過ごした人間には、奇蹟のように映る。私は文章で生きる人間だが、今回も映像の偉大さを改めて感じた。津波の大きさにも打たれたが、救援物資が、鍵の掛かった倉庫にではなく、他に人の気配も見えないような空間に整然と積み上げられていて、それを盗む人もいなかったのだ。

飢餓の年のエチオピアに、私はいた。NATO軍が空から穀物の袋を投げると、まず四割の袋は多かれ少なかれ破れて、中身の一部が散乱した。大袋は管理者が持ち去って公的な搬出作業が終了すると、人々は我がちに、それこそバッファローかヌーの大群のように、砂煙を上げて散乱した麦粒を拾いに走り出した。私はアフリカの大地が揺れ蠢《うごめ》くのを感じた。穀物の粒ができるだけ多く散っている地面を確保するために、女たちは罵り合い、摑み合った。今回、どうして物資に不足している被災地近くで空中投下《エアー・ドロップ》が行われなかったのか、私は不思議である。ヘリや対潜哨戒機のような速度の遅い航空機を使えば、孤立した村の近くに物資を落とすことができないわけはないだろう。

生きることが動物の究極の目的だから、災害時には摑み合いをし、罵り合って生きる場合もあって当然なのだろう。しかし日本政府は今までのところ、そこまで無力ではなかったから、日本人は動物に堕ちることを避けて、美しい人間を保ち続けられた。

地震後も、身内の安否を気にかけながら、食料、燃料、暖を取る衣服もない辛さに耐えるのは厳しいものだったろうが、エチオピアのように数週間、草を食べて生き延びるという人はほとんど出ないだろう。その修羅場のような光景が出現することを未然に防げたことが、つまりは日本の国力であり、同時に日本人の精神力だったのだろうと思う。

各国からの支援は決して断ってはいけないことなのだから、それらを礼儀正しく受け、かつほんとうに成果を上げて帰ったと自覚してもらえるような配慮を、外務省がこの騒ぎの中でできたのか私は余計な心配をしたが、大きな袋を人力でリレーして運び込む作業で、巨漢の「外人さん」が軽々と品物を運ぶ姿を見て「役に立ってますねえ」と感動した人もいた。「お相撲さんだってこの際、出動すれば力仕事を頼めてうんと役に立つのに、どうして出ないんだろう」と言う人もいれば、「お相撲さんは、食料がたくさん要るから、災害地には適していないんじゃない？」とまじめに答えている人もいる。

しかし日本人は、究極的には多分自力で立ち直れる国民なのである。今世界には一九六の国があり、今でもまだ多くの国が独立を希望・要求しているが、こうした天災を見ると、独立などというものは、決してそんなに簡単に可能になるものではない。

私が地震の日以来たった一つ心がけていることは、普通の暮らしの空気、つまり退屈で忙しくて、何ということもない平常心を失わないことだ。いくつかの理事会などが延期になったので、私は外出をしなくてよくなり、退屈のあまり簡単な料理ばかり作っていた。冷凍庫や冷蔵庫の中身をきれいに整理するための絶好の時と感じたのである。

私は決して人が並んで買うようなものは買わなかった。人がつめかける店にも行かない。暴走を止めるという力に少しでも加わることが市民のささやかな義務だと思っているからだ。

しかし市民は必ずしも落ち着いていなかった。私の住む私鉄の駅前には、大きなモダンなスーパーがあって、地震のすぐ後には、入場制限の人が出るくらいだった。私は歯科医に行ったついでに、町を歩いてみた。これは小説家の務めのようなものだ。そして、あまり人の行かない古くさい小さな店には、新しい大根もお豆腐も、インスタントラーメンも牛乳も、一本九十八円という特別安売りのお醤油まで売っていることに感心した。

人の行く方向に行ったら人生では何も見つからないのだ。人の行かない方向へ行けば、静かな小道でいつもの生活が続いている。梅も花盛り、じんちょうげの匂いが高い。平常心が香っていることを思わせる。

私の住む東京は今までのところ、予定されていた計画停電が一度もない。これには深い理由があると思う。東京には日本国の中枢にあって国政を動かす人たちが多く住んでいるから、連絡の方途を奪ってはならないのだ。人間の生活はしばしば不平等であることを要求される。それに、人は常に最悪を想定して、それよりよければ喜んでいればいい。私はいつもその手で生きてきた。だから何はなくとも多分幸福だった。

日本人は、政府に号令などかけられなくても、恐ろしいほど自発的に節電にも協力するのだ。いつもは電気をつけっぱなしの息子が「お母さん、ここの電気消すよ」と言うのだ、と美容院の奥さんが笑っている。電気があるから、私はヘルマン・ヘッセの『庭仕事の愉しみ』という本を読み出した。私が知らなかったいい詩が紹介されている。
「私たち老人は　果樹垣に沿ってとり入れをし
日に焼けた褐色の手をあたためる。
昼がまだ笑っている　まだ終わりにはならない
今日とここがまだ私たちを引きとめ　よろこばす」

＊本書は河出書房新社より刊行した左記単行本・文庫本を再編集の上、追記・加筆しました。

記

『人生の旅路』（二〇一一年十月）
『生きる姿勢』（二〇一三年五月）
『酔狂に生きる』（二〇一四年七月）
『人生の収穫』（二〇一五年五月・河出文庫）
『人生の原則』（二〇一六年二月・河出文庫）
『生身の人間』（二〇一六年四月）
『不運を幸運に変える力』（二〇一六年十二月）
『靖国で会う、ということ』（二〇一七年七月）

曾野綾子（その　あやこ）
一九三一年、東京生まれ。聖心女子大学文学部英文科卒業。七九年、ローマ教皇庁よりヴァチカン有功十字勲章受章。八七年、『湖水誕生』で土木学会著作賞受賞。九三年、恩賜賞・日本芸術院賞受賞。九五年、日本放送協会放送文化賞受賞。九七年、海外邦人宣教者活動援助後援会代表として吉川英治文化賞ならびに読売国際協力賞受賞。二〇〇三年、文化功労者となる。一九九五年から二〇〇五年まで日本財団会長を務める。二〇一二年、菊池寛賞受賞。著書に『無名碑』『神の汚れた手』『天上の青』『夢に殉ず』『哀歌』『晩年の美学を求めて』『アバノの再会』『老いの才覚』『人生の収穫』『人生の原則』『生きる姿勢』『酔狂に生きる』『生身の人間』『不運を幸運に変える力』『靖国で会う、ということ』『私の漂流記』『夫の後始末』『人生の後片づけ』『人生の醍醐味』『介護の流儀』等多数。

人生の終わり方も自分流

二〇一九年八月二〇日　初版印刷
二〇一九年八月三〇日　初版発行

著　者　曾野綾子
装　丁　坂川事務所
装　画　オオノ・マユミ
発行者　小野寺優
発行所　株式会社河出書房新社
〒一五一－〇〇五一
東京都渋谷区千駄ヶ谷二－三二－二
電話　〇三－三四〇四－一二〇一（営業）
　　　〇三－三四〇四－八六一一（編集）
http://www.kawade.co.jp/

印刷・製本　中央精版印刷株式会社

Printed in Japan　ISBN978-4-309-02821-7

河出書房新社・曾野綾子の本

不運を幸運に変える力

人生は、なんとかなる！　自力で危機を脱出するための偉大なる知恵。「運を信じる」という謙虚な姿勢を保ちつつ、人生を切り拓くための揺るぎなき精神、人間のあるべき姿にせまる！

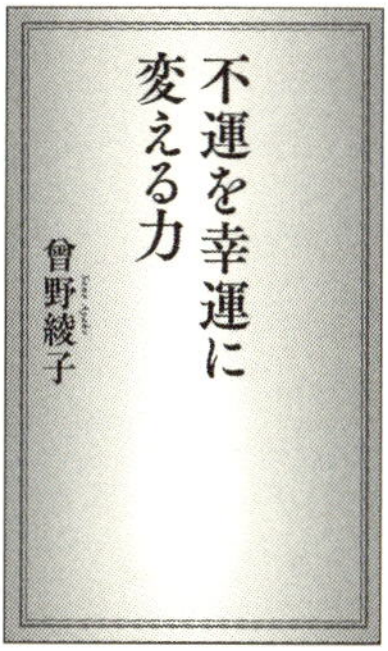

私の漂流記

人生を乗せて船は走る──。まだ見ぬ世界に魂の自由を求め、人は航海に夢を賭ける。貴重な体験を与えてくれた海と船。船上での濃密な出会いから、人生の奥深さを描き出す感動の24話。